Cristina Villaça

Rosa Valente

Ilustrações
Joana Velozo

elo
EDITORA

© 2023 Elo Editora
© Cristina Villaça
© ilustrações Joana Velozo

Todos os direitos reservados. Nenhuma parte desta obra pode ser reproduzida ou transmitida por qualquer meio (eletrônico ou mecânico, incluindo fotocópia e gravação), ou arquivada em qualquer sistema ou banco de dados, sem permissão da Elo Editora.

Texto fixado conforme o Acordo Ortográfico da Língua Portuguesa de 1990 (Decreto Legislativo nº 54, de 1995).

Publisher: **Marcos Araújo**
Gerente editorial: **Cecilia Bassarani**
Editora: **Ana Célia Goda**
Editora de arte: **Susana Leal**
Designers: **Giovanna Romera** e **Thaís Pelaes**

Projeto gráfico: **Susana Leal**
Preparação: **Aline Silva de Araújo**
Revisão: **Carina de Luca**

A imagem da página 8 foi inspirada na litografia de Jean-Baptiste Debret, de 1835, intitulada "Regresso à cidade de um proprietário de chácara. Liteira para viajar pelo interior".

Dados Internacionais de Catalogação na Publicação (CIP)
(Câmara Brasileira do Livro, SP, Brasil)

Villaça, Cristina
   Rosa Valente / Cristina Villaça ; ilustrações Joana Velozo. -- São Paulo : Elo Editora, 2023.

   ISBN 978-65-80355-82-2

   1. Literatura infantojuvenil I. Velozo, Joana. II. Título.

23-165326   CDD-028.5

Índices para catálogo sistemático:

   1. Literatura infantojuvenil 028.5
   2. Literatura juvenil 028.5

Cibele Maria Dias - Bibliotecária - CRB-8/9427

Elo Editora Ltda.
Rua Laguna, 404
04728-001 – São Paulo (SP) – Brasil
Telefone: (11) 4858-6606
www.eloeditora.com.br

 eloeditora   eloeditora   eloeditora

SUMÁRIO

1. Flores estrangeiras — 9
2. Olha a rosa amarela, Rosa! — 14
3. Flores da mata — 20
4. Malmequer, bem-me-quer — 24
5. Flor de maravilha — 29
6. Canteiros — 35
7. As dálias e as violetas — 39
8. É de cravo, é de rosa, é de manjericão — 43
9. Hortênsias — 47
10. Flor de baobá — 52
11. Flor do mar — 55
12. Pétalas — 61
13. Flor de jabuticaba — 66
14. Perfume de jasmim — 70
15. As camélias — 73
16. Flor da meia-noite — 79
17. O jardim secreto — 82
18. Rosa dos ventos — 89
19. Rosa Valente — 93
20. À flor da pele — 97

1. FLORES ESTRANGEIRAS

Uma vez eu vi uma gravura que mostrava um homem jovem e elegante deitado em uma rede carregada por outros dois homens descalços. Um em cada ponta. Ao lado da rede, acompanhando a caminhada, um cachorro, um menino vestido de azul carregando um guarda-chuva. Mais atrás, uma menina usando uma saia, também azul, equilibrando um cesto cheio de flores e frutas no alto da cabeça. As crianças também descalças. Uma cena corriqueira do cotidiano do Rio de Janeiro do século XIX. Essa gravura de Jean-Baptiste Debret me enche de vergonha e indignação. Aqui não há agressão física, mas há uma violência velada, uma atmosfera que fere e agride. Aqueles pés descalços são as marcas de um passado de abuso e humilhação: a escravidão.

Apanho um livro em minha estante e observo outras gravuras do mesmo artista. Debret chegou ao Brasil com a Missão Artística Francesa, em 1816. Ele e os outros artistas da missão vieram fundar uma academia de artes a mando de D. João VI, o príncipe regente. Debret criou várias telas retratando cenas rotineiras da sociedade brasileira. Quando vejo essas imagens, minha imaginação viaja. É como se eu pudesse estar ali, vendo aquilo tudo de perto. Aquelas ruas de pedra, o casario. Algumas mulheres trajando ricos vestidos, outras usando roupas simples, carregando frutas em enormes cestos no alto da cabeça. Nesse mesmo livro, há outros desenhos que retratam cenas de castigo físico, torturas. Cenas terríveis. Parece filme, mas era assim mesmo. Será que a humilhação e a violência são somente marcas do passado?

Mas, calma, eu não quero deixar você triste. Corro o risco de você fechar este livro e não ler a história que começo a contar.

Há um desenho em particular que me inspira. Nele, Debret desenhou um homem descalço vendendo flores em uma rua pavimentada de pedras. Fico pensando nessas flores e imagino quem as teria plantado e cuidado para que fossem vendidas ali. Não é difícil imaginar alguém cultivando flores, alguém com muito jeito para isso. Eu não, não sei cuidar de flores. É preciso ter um talento especial.

Imagino alguém: uma menina. Rosa é o nome dela. É um bom nome para uma jardineira, não acha? Qual seria a história de Rosa? Temos que viajar no tempo, você e eu. Isso a imaginação pode fazer. Vamos?

Há flores que são nativas, nascidas na mata sem necessidade de cultivo, como as bromélias. No Brasil, mesmo quando ainda era chamado de Pindorama, sempre houve bromélias e também as onze-horas, as flores-de-maio, os manacás, muitas outras. E, claro que você já sabe, a vitória-régia. Mas há também flores estrangeiras. Suas sementes viajam de muito longe e são plantadas em um novo solo. Aqui florescem colorindo nossa paisagem com ainda mais beleza. As primeiras sementes dessas flores estrangeiras quem as teria trazido? Teria sido um dos marinheiros da esquadra de Cabral? Um Joaquim, talvez? Ou o próprio Pedro? Sim, estou falando do Pedro Álvares. Ou, então, o Pero. Quem sabe Pero Vaz de Caminha, o escrivão da esquadra de Cabral? Quem sabe ele gostasse tanto de suas flores que tivesse trazido consigo algumas sementes em sua viagem à Ilha de Vera Cruz?

Como as flores estrangeiras, também algumas pessoas vêm de longe. Angolanos, italianos, libaneses, japoneses, venezuelanos... E continuam vindo. E assim continuarão a procurar refúgio, uma vida mais digna, deixando para trás seu país, seu passado, sua família. Pode até ser que essas pessoas cheguem aqui cheias de esperança e disposição para recomeçar, mas há quem venha contra a vontade. Gente que foi arrancada de sua terra natal, como se arranca a raiz de uma planta.

Espere, não posso desviar meu pensamento. Estou contando a história de uma menina, Rosa, a jardineira. Precisamos saber quem ela é, onde está, o que faz e todas essas perguntas feitas a uma personagem quando está prestes a nascer.

Da África vieram seus antepassados. Sequestrados. Viviam em uma pequena aldeia, em uma região perto de onde fica Angola hoje em dia. O avô de Rosa era rei, um rei valente e muito amado por seu povo. Os homens e as mulheres dessa aldeia eram fortes e alegres. Havia anos viviam em paz e em harmonia com a natureza, cuidando das crianças, plantando e colhendo, criando alguns animais e cultivando flores. Gostavam de música e de festas, contavam histórias em volta da fogueira, riam e falavam alto, vestiam tecidos coloridos e se enfeitavam com colares e pulseiras. Dançavam com graça e entusiasmo.

Porém, uma vez, antes de o sol aparecer no horizonte e colorir a manhã, precisamente quando os homens se preparavam para caçar, algo aconteceu. As mulheres cantavam, despedindo-se deles e desejando uma boa caça. Parecia que seria mais um dia como outro qualquer. Os homens se embrenharam na mata, mas, para sua desgraça, foram pegos em uma emboscada. Homens com armas de fogo os surpreenderam e travaram uma luta violenta e desigual. A aldeia foi totalmente destruída. As casas de palha, incendiadas. As mulheres e os homens, aprisionados. Alguns tentaram fugir, mas logo foram apanhados. Não pouparam crianças. Os mais velhos foram abandonados à própria sorte. Mais fracos, não serviriam para ser vendidos após a longa viagem.

Durante dois ou três dias caminharam em fila, presos uns aos outros. Cansaço, dor, fome, medo, humilhação. Finalmente chegaram a um porto e foram embarcados no porão de um navio. Seguiram viagem durante muitos dias, várias semanas. Mais de um mês. Quantos eram naquele porão? Umas duzentas ou trezentas pessoas. Homens, mulheres e crianças de várias aldeias, assustados e famintos. Não, não vou descrever aquela viagem, afinal esta é a história de Rosa, que ainda nem tinha nascido.

Chegaram ao porto da cidade de São Sebastião do Rio de Janeiro e, perto dali, foram vendidos em um leilão. Ali eram separados de suas famílias e levados para casas da cidade ou para fazendas no interior. Assim, a avó de Rosa foi levada para servir a família de um próspero fazendeiro. O que ninguém sabia era que ela estava grávida de uma menina, Aurora, a filha do rei. Aurora, que nasceu com o dia.

Anos e anos se passaram. A menina Aurora cresceu curiosa e alegre. Ouvia sua mãe contar histórias cheias de saudade de um tempo feliz, em que seu povo viveu em paz, em uma terra distante. Aurora sabia que sua mãe era rainha e que seu pai, que nunca conhecera, era rei, e que ela mesma era uma princesa. Também sabia que seus pais tinham sido separados, e que nunca mais se encontraram, e que, talvez um dia, tudo voltasse a ser como antes. Histórias de esperança e de finais felizes.

Quando cresceu, Aurora também teve uma filha. Uma menina a quem deu o nome de Rosa. Sim, a nossa Rosa. Rosa, que era alegre. Rosa, que cuidava de flores. Rosa, a neta do rei.

2. OLHA A ROSA AMARELA, ROSA!

Eu já contei antes que aquelas pessoas trazidas à força de vários lugares da África eram vendidas como se fossem mercadoria, não contei? Os compradores, homens cheios de dinheiro, analisavam cuidadosamente essas pessoas, que eles chamavam de "peças". Os mais fortes e com dentes perfeitos (sim, eles examinavam os dentes!) eram escolhidos para trabalhar nas tarefas mais pesadas. Trabalhavam exaustivamente sem ganhar nenhum tostão, vivendo em péssimas condições, dormindo nas senzalas, que era onde descansavam. As senzalas eram também um lugar de reunião.

Comiam mal, sofriam os piores castigos. E, quando envelheciam, morriam logo porque aquela vida era miserável. Havia muita tristeza. Mas havia encontros e música e dança também. A avó de Rosa, a rainha, morreu quando a menina ainda era um bebê. Não pôde acompanhar o crescimento da neta. A história de Rosa é cheia de despedidas e separações.

Aurora carregava seu bebê amarrado em um pano colorido junto ao corpo e trabalhava na lavoura. Quando podia, cultivava flores. Era amiga das plantas, herdara o talento das mulheres da aldeia de seus pais.

Impressionada com a beleza dos pequenos canteiros que Aurora plantava perto da senzala, a dona da casa a chamou para cuidar do jardim da casa-grande. Sem dúvida esse era um trabalho menos cansativo para a moça, que costumava cantar baixinho para ninar a pequena Rosa.

Olha a rosa amarela, Rosa
Tão bonita e tão bela, Rosa

E, enquanto ouvia a voz da mãe, a menina ia crescendo e aprendendo com tudo o que via e vivia. E, crescendo, se fortalecia.

Logo Rosa aprendeu a cuidar das flores.

A dona da casa, dona Sofia, ou iaiá, como era chamada pelos escravizados da casa, admirava as flores e se divertia com aquela criança que, tão nova, conhecia cada uma delas: as nativas e as estrangeiras.

Acho que a pequena Rosa devia ter uns nove anos quando o único filho de dona Sofia, Eduardo, voltou da Europa trazendo a família. Era chamado de sinhozinho, crescera ali naquela fazenda e, quando rapaz, fora estudar em Portugal. Lá se casara com a filha de um rico comerciante e tivera três filhos, duas meninas: as gêmeas Dália e Violeta, e um menino, André, que tinha dez anos. Sinhozinho Eduardo voltava agora para viver por uns tempos com a família na fazenda Miraflores.

Naquela tarde, Rosa estava ajudando sua mãe a cuidar do jardim quando avistou os visitantes chegando. A charrete parou na entrada principal da casa-grande. Desceram sinhozinho Eduardo e a esposa, dona Francisca, e, logo depois, as três crianças. Dona Sofia e o marido, o senhor Pereira, esperavam seu filho e os netos na varanda, de braços abertos.

De longe, Rosa ficou impressionada com as roupas das meninas, cheias de rendas e laços de cetim. Não conseguia disfarçar sua curiosidade. Nunca tinha visto tanta riqueza. Além do mais, nunca tinha visto meninas tão parecidas entre si. Dália e Violeta eram gêmeas idênticas.

— Rosa, vem já pra cá! Aquelas são as netas de iaiá. Não fique olhando assim que elas podem não gostar.

— Mas eu quero espiar, mãe.

Ficou escondidinha atrás de uma árvore apreciando a família chegar com as inúmeras malas e baús que trazia. Foi então que avistou um menino muito bem-vestido. O menino, por sua vez, sentiu que alguém o observava e virou o rosto em sua direção. Rosa encolheu-se depressa, com medo de ser vista.

Mais tarde perguntou:

— Mãe, quem é aquele menino que chegou na charrete?

— É André, neto de iaiá!

— Eita! Não vai se meter com eles, não, menina, que sinhô não vai gostar de ver os netos brincando com a gente — disse Madalena, uma mulher bonita que cuidava das roupas dos senhores.

Aurora retrucou:

— Ela tem juízo. Não tem, minha filha?

Só que criança ainda não tem juízo, e Rosa nem sabia o que aquela palavra significava.

Dias depois, mãe e filha cantarolavam no jardim enquanto cuidavam das flores.

Olha a rosa amarela, Rosa
Tão bonita e tão bela, Rosa

Ai, ai, meu lenço, ô iaiá
Para me enxugar, ô iaiá
Que esta despedida, ô iaiá
Já me fez chorar, ô iaiá

Rosa sentiu que alguém as escutava e virou o rosto em direção à varanda, exatamente como André tinha feito quando ela o espiava por detrás daquela árvore dias antes. Foi muito rápido, mas pôde vê-lo se esconder atrás da pilastra do alpendre da casa. A casa-grande era toda rodeada por um alpendre com pilastras de madeira pintadas de azul. Azul era a cor favorita de Rosa, e ela sorriu ao perceber que o menino usava uma roupa toda azul.

Alguns dias se passaram e Rosa não viu mais André, e nem as meninas. Quis saber mais sobre eles, de onde vinham e tantas outras perguntas...

Aurora contou que vieram de Portugal.

— E onde fica Portugal, mãe?

— Fica muito longe, depois do mar.

— E o que é mar?

— Diz que é um riachão de água azul e salgada que não acaba nunca. Diz que é muito perigoso, e quando fica brabo forma ondas que vão daqui até aquele morro lá. Mas, escuta uma coisa, Rosinha, não chegue perto da casa-grande de jeito nenhum.

— Mas eu só queria ver eles, brincar com eles...

— Não diga bobagens, Rosinha! A gente não pode se meter com filho de senhor. Se te pegam... Promete que não chegará perto deles nem em pensamento?

Rosa suspirou. Ficou imaginando como seria bom entrar na casa-grande e brincar com aquelas crianças, ver suas roupas, comer sua comida, brincar com suas bonecas. A única boneca de Rosa era de pano e tinha sido feita por sua avó assim que a menina nasceu. Deitou no gramado, fechou os olhos, meio dormindo, meio sonhando, e cantou.

Olha a rosa amarela, Rosa
Tão bonita e tão bela, Rosa

Mãe e filha não acreditaram quando ouviram uma voz cantando a mesma cantiga, mas com uma língua meio enrolada. Igual, mas diferente.

Olha a rosa amarela, Rosa
Tão bonita e tão bela, Rosa

Era André. Ele tinha aprendido do seu próprio jeito a cantiga que ouvia Aurora e Rosa cantarem todos os dias. O menino se apresentou educadamente. Aurora fez uma cortesia e abaixou os olhos. Rosa não, queria ver com olhos bem abertos aquele menino com a fala engraçada. E André queria conhecer aquelas pessoas tão diferentes dele e que trabalhavam sem parar debaixo de chuva ou de sol.

O menino contou que suas irmãs queriam companhia para brincar e perguntou a Aurora se podia trazê-las até o jardim.

— O sinhozinho vai ter que pedir permissão a vossa avó, que nós não temos licença pra falar com os senhores, não, me desculpe.

Rosa estava boquiaberta. Nunca vira criança tão diferente. André correu para a casa-grande atrás da avó e das irmãs. Dona Francisca, a mãe das crianças, estava ensinando as filhas a bordar. Dona Sofia, ocupada com os afazeres da casa, nem reparou nas botas sujas de terra do neto, que entrou afobado, cheio de vontade de brincar lá fora, correr e ouvir aquela menina cantar.

Foram dias de insistência. Dona Sofia tentava convencer a nora a permitir as brincadeiras no jardim. Até mesmo o pai e o avô de André intercederam, não viam problema em deixar as crianças brincarem lá fora, desde que ficassem por perto.

— Estas crianças precisam brincar! — dizia sinhô Pereira.

— Os meninos precisam tomar sol! — apelava a avó.

— Confinados em casa, podem acabar doentes, isso sim! — Eduardo alertou.

Dona Francisca resistia, dizia que não queria ver seus filhos brincando na terra com crianças escravizadas.

3. FLORES DA MATA

Com o passar dos dias, as fronteiras do jardim foram se alargando, como também as fronteiras que separavam aquelas crianças: o filho do senhor, que veio de além-mar, e a filha da jardineira Aurora, que viera ainda semente, também de além-mar. Ultramar. O mesmo mar.

Dona Francisca cedeu, convencida pelo marido.

— Não se pode deixar menino preso em casa, mulher. Queres que fique sempre agarrado às tuas saias?

Nem bem amanhecia e o menino já queria sair. Era um custo fazê-lo aquietar-se e comer seu pequeno almoço. Comer não, devorar. Ele queria correr e se aventurar em fantasias infantis com a nova amiga.

Rosa e André brincavam na chuva. Rosa e André pescavam lambari no córrego. Rosa e André pegavam fruta no pé. Rosa e André chupavam manga. Rosa e André sujavam a roupa.

Às vezes, ou porque ele sujara a roupa, ou porque perdera a hora de voltar para casa, dona Francisca cismava. André não podia nem botar o nariz para fora da janela. Então, ele explorava a biblioteca do avô, passava horas e horas escalando as estantes, remexendo mapas e cadernos antigos. Lia de tudo: geografia, história antiga, livros de aventuras e encantamentos, histórias que depois contava para Rosa.

— Mas você não sabe ler, Rosa? — perguntou certa vez. — Venha, eu vou ensinar!

A menina aprendia depressa, fascinada com aquela dança das letras, que ganhavam significado nas folhas de papel que André trazia escondidas debaixo da camisa.

No começo, as gêmeas Dália e Violeta gostavam das brincadeiras no jardim, porém, vestido amarrotado, joelho ralado e sapatos enlameados não eram permitidos. Dona Francisca não deixava. Algumas vezes dona Sofia mandava que Luiza, a cozinheira, distribuísse caramelos de açúcar ou cocadinhas para as crianças. Outras vezes ela mesma ensinava cantigas de roda do seu tempo de menina.

Flor, minha flor
Flor, vem cá!
Flor, minha flor, laiá, laiá, laiá!

O anel que tu me deste, flor, vem cá
Era vidro e se quebrou, laiá, laiá, laiá!
O amor que tu me tinhas, flor, vem cá
Era pouco e se acabou, laiá, laiá, laiá!

Aurora não gostava nem um pouco daquela aproximação. Tinha medo de que a filha se apegasse demais àquelas crianças e que depois sofresse com o abismo real que havia entre elas. Aquela era uma amizade impossível. Aurora temia também as despedidas, que aconteceriam mais cedo ou mais tarde. Não queria que a filha sofresse ainda mais, porque o sofrimento por sua condição já existia e era muito maior do que eu ou você possamos imaginar.

Durante todo aquele ano, o pai das crianças ia e vinha do Rio de Janeiro, onde cuidava dos negócios da família. Para alívio de dona Francisca, que não suportava a vida na fazenda Miraflores, logo viram a necessidade de se mudarem para a cidade. A portuguesa não se acostumava com aquela vida pacata e quase sem contato com outras famílias da mesma posição social.

— Vidinha besta! — ela dizia para as filhas. — Nada se faz aqui. E para que tantos vestidos de seda se ninguém os vê? Seu irmão precisa de estudo e vocês precisam conhecer gente da sociedade. Não demora ficarão moças e precisarão conhecer gente de bem, escolher um pretendente e se casar.

— Mas ainda é cedo, mamãe — diziam as pequenas. E, debaixo do olhar vigilante de dona Francisca, rodopiavam no jardim.

A separação iria acontecer, era inevitável. Mas Rosa e André não se davam conta. Uma distração de dona Francisca e corriam mata adentro para descobrir o mundo. O mundo eram as histórias que ouviam nas vozes das mulheres mais velhas. O mundo era reconhecer cada canto de passarinho.

— Bem-te-vi! Bem-te-vi!

A fazenda era o mundo!

Rosa e André corriam na mata. Flores da mata. E tinha também o Cotoco, um cachorro vira-lata que corria atrás deles aonde quer que fossem. Dividiam com Cotoco as brincadeiras, as frutas que pegavam nas árvores e os segredos.

Uma vez Rosa contou:

— Sabia que meu avô era rei?

André riu até se jogar no chão.

— Isso é impossível, Rosa!

Cotoco latia e abanava o rabo como se também estivesse rindo.

— É verdade, juro! Ele era rei lá na nossa terra. Aí eles foram trazidos para o Brasil. Mas meu avô era muito forte e valente e lutou até o fim. Minha mãe me contou. Todo mundo na senzala sabe disso e respeita muito a gente.

— Eu não acredito. E, se for verdade, você não tem como me provar, tem?

Infelizmente, provas ela não tinha. Aquele rei e o seu reino não estavam em nenhum livro. Não havia documentos escritos, mas, sim, as falas de muitos dos que viviam ali e que, como sua família, também tinham sido sequestrados e trazidos em navios. Esses relatos eram a única certeza de sua origem.

— Venha comigo, André. Vou levar você pra conhecer uma pessoa que vai contar direitinho a história do meu avô.

4. MALMEQUER, BEM-ME-QUER

Espiaram de um lado e de outro. Nenhum adulto por perto. Aurora estava ocupada cuidando do jardim, podando e varrendo como sempre, não percebeu a travessura dos meninos. Ninguém vigiando. Falaram bem baixinho e quase ao mesmo tempo:

— Pernas, pra que te quero?

E danaram a correr.

— É por ali, André. Vamos procurar Vô Tonho, ele vai contar pra você que eu sou uma princesa.

— Ah! Isso eu duvido!

— Sou, sim. Sou neta de rei, então, sou princesa. Já falei que meu avô era um rei muito valente lá na minha terra.

— A sua terra é aqui, Rosinha. Foi aqui que você nasceu.

— Eu sei, mas minha família veio de muito longe. Se você não acredita, Vô Tonho vai contar, ele não mente nunca.

Subiram o morro e desceram do outro lado escorregando pelo capim. De longe avistaram Vô Tonho sentado num banco de madeira na porta de uma casa. Quando os viu, levantou-se e acenou:

— Oi, menina! Eu estava pensando em você 'inda agorinha mesmo.

Cotoco, que andava atrás deles com a língua para fora e o rabinho balançando, pulou no colo de Vô Tonho e lambeu seu rosto.

— Que animal esperto! — disse o velho sorrindo.

— Bença, Vô Tonho! Eu trouxe o André aqui pro senhor contar a história do meu avô. André não quer acreditar que...

— Que você é uma princesa, não é? Ah! Eu vou contar, sinhozinho.

Rosa e André estavam arfando de cansaço com a corrida até aquela casinha perdida no meio do capim.

— Vocês estão cansados, não é mesmo? Vieram na carreira, não foi? Vou buscar água fresca pra vocês descansarem um 'cadinho. Podem sentar nos banquinhos, que eu já volto.

Vô Tonho entrou. André enxugou o suor da testa e perguntou:

— Quem é ele, Rosinha?

Rosinha explicou:

— Vô Tonho veio pra fazenda muito tempo atrás, no tempo de Dom João Charuto, quando o seu bisavô ainda era criança.

— Então ele deve ser muito velho.

— Sim, é o mais velho aqui da Miraflores. Dizem que tem mais de cem anos! Quando a gente fica doente, ele prepara os remédios com as ervas que planta. Ele cuida da gente, e minha mãe aprende tudo com ele.

Vô Tonho voltou segurando uma moringa de barro com água fresca e duas canecas. Serviu as crianças e depois se sentou ao lado delas. Também serviu água ao cachorrinho.

— Vou contar o que aconteceu. Isso foi muito antigamente, no tempo em que galinha tinha dente.

Os meninos riram, ele fez uma pausa. Vô Tonho tinha um jeito muito especial de contar histórias. Quando pararam de rir, ele prosseguiu:

— Em uma terra distante, viviam um rei, sua mulher, seus dezoito filhos e mais não sei quantas famílias. Viviam em casas de palha em volta de uma praça. Era uma aldeia arrodeada pela mata e por tudo quanto é bicho. Tinha macaco, leopardo, zebra...

— Zebra também? — interrompeu André, empolgado.

— Tinha. E elefante também.

— Até elefante? — quis saber a menina.

— Então não? Era bicho grande e bicho pequeno, era bicho manso e bicho brabo.

— E leão, tinha? — André perguntou com os olhos arregalados.

— Ô se tinha! Mas não mexia com eles, não, que aquele reino era cheio de moço valente. As mulheres conheciam tudo quanto era flor. Elas enchiam de flor aquilo tudo! Era muita lindeza naquele lugar! Tinha as árvores mais altas que vocês nem imaginam. Tinha árvore pra mais de trezentos anos! Cada tronco que precisava de mais de trinta homens pra dar a volta em torno dele.

— Nossa!!!

— É baobá o nome dessas árvores. Baobá é árvore sagrada. É a árvore da vida. Ela dá uma flor cheirosa, mas só uma vez, diz que de cem em cem anos.

— De cem em cem anos?

— O senhor me desculpe, Vô Tonho, mas eu não acredito nisso, não.

— É o que dizem, meu filho. É uma flor tão rara que eu mesmo nunca vi nenhuma. Diz que tem um perfume muito forte.

André fechou os olhos e imaginou. "Baobá... um nome estranho, mas que parece música! Baobá baobá baobá baobá..."

Vô Tonho continuou:

— As crianças brincavam com os bichos, os menorzinhos ficavam amarrados nos panos nas costas das mães. Era muita fartura naquele lugar, muita comida boa! Mas um dia os homens foram caçar e aconteceu o pior.

Ele contou como eles foram trazidos para o Brasil naqueles navios e depois separados e distribuídos pelas fazendas para trabalhar incessantemente, e sonhar com o dia em que tudo pudesse voltar a ser como antes. Mas você sabe que as coisas nunca voltam a ser como antes.

— E foi assim, tim-tim por tim-tim. O que contei foi verdade, isso posso garantir. Esta menina nasceu aqui na fazenda, que nem a mãe dela, que eu ajudei a criar, mas elas são princesas, filha e neta de rei. Um rei valente e bom, como não se vê mais por aí.

André estava admirado. Não sabia que aquelas pessoas que estavam ali na fazenda tinham um passado bastante diferente daquele terrível presente.

— Então a Rosinha é uma princesa de verdade?

— É, sim, sinhozinho menino. Só não tem coroa, mas se vocês voltarem aqui, a gente prepara uma coroa pra ela. Agora tratem de ir embora, que se as mães de vocês descobrem, aí o bicho pega!

— Ah, se pega! Mas aqui não tem leão, não, Vô Tonho — disse o menino brincando.

— Tem paca e tatu, cotia, não — brincou Rosinha.

— Mas, se suas mães descobrem, elas viram onça!

E os dois saíram na carreira de volta para casa.

Nem eu sei como dona Francisca não se deu conta da ausência do filho. Acho que estava muito atarefada embalando as porcelanas e pratarias em caixotes de madeira para adiantar a mudança. Dona Sofia estava na cozinha dando ordens para o jantar. E, enquanto Luiza picava cebolas, dona Sofia disfarçava lágrimas de saudade antecipada. Não queria que os netos se mudassem para o Rio de Janeiro, tamanho era o amor que sentia por eles, mas sabia que era o melhor para a família do filho. Sabia que ela e o marido já estavam envelhecendo e que Eduardo tinha que assumir os negócios na cidade.

Dona Sofia fazia questão de acompanhar os serviços da cozinha. Fiscalizava Luiza e mais três ou quatro ajudantes. E era cada refeição caprichada que mais parecia um banquete. Uma fartura! Era carne, era ave, legumes variados e os mais deliciosos doces de frutas. Isso era o que tinha de melhor! Dona Sofia, nascida e criada em fazenda, aprendera a arte de fazer doces.

— Uma doceira de mão cheia! — gabava-se sempre o marido.

Aurora não gostou nada de ver Rosa e André correndo e rindo alto. Ouviu André chamando a menina de princesa e teve a certeza de que os dois tinham ido à casa de Vô Tonho. Preparou rapidamente um ramo de margaridas e o entregou para o menino.

— Dá pra sua avó, André. Diz que foi o sinhozinho mesmo que preparou. Agora corre que estão esperando o sinhozinho em casa.

Rosa apanhou algumas daquelas flores e brincou, despetalando-as devagar:

— Bem-me-quer, malmequer...

Aurora observou a brincadeira da filha e entendeu que em breve ela iria sofrer muito com a separação que estava a caminho.

Foi naquele mesmo dia, durante o jantar, que o pai de André disse aos filhos que eles iriam se mudar para o Rio de Janeiro dali a poucas semanas.

5. FLOR DE MARAVILHA

As formigas caminhavam em fileira conduzindo-se todas à mesma direção. Soldados. Umas carregavam pedacinhos de folhas, outras, migalhas de pão que Rosa, cuidadosamente, depositava no chão. Algumas seguiam o caminho inverso e, de vez em quando, uma dava uma paradinha indo ao encontro de outra. Conversavam. Assim, agachada e atenta ao trabalho dos insetos, Rosa passou alguns minutos. Aquilo a ajudava a distrair os pensamentos que iam e vinham incansavelmente como as formigas. Ficou sabendo da mudança de seu amigo para o Rio de Janeiro naquela mesma manhã ensolarada. As mulheres tagarelavam a novidade enquanto torciam e estendiam no varal as roupas que acabavam de lavar. O cheiro de sol nas roupas limpas, as vozes das mulheres, as formigas indo e vindo... Rosa estava começando a entender. Definitivamente aquela não era uma boa notícia.

Não podia imaginar como seria sua vida sem André por perto. Afora todas as brincadeiras e descobertas que faziam juntos, Rosa estava encantada com o sentido que ganhavam as palavras e as frases dos livros que o amigo trazia. Rosa aprendia rápido, mas, sem André, como iria continuar seu aprendizado? Nem Vô Tonho, nem sua mãe, nem as outras mulheres sabiam ler, muito menos escrever!

Aurora sentiu dó da filha, escondeu uma lágrima, que mãe não aguenta ver filho triste. Mãe não aguenta, não.

Na casa-grande, o corre-corre de arrumações era frenético. Influenciadas pela mãe, Dália e Violeta estavam contentíssimas com a mudança. Gostavam dos avós, mas não o suficiente para se distanciarem do desejo de conhecer a corte e, quem sabe, quando crescessem, frequentar os bailes da nobreza. Quem sabe conhecer barões ou príncipes? Seriam sonhos? Suspiravam. Os sonhos muitas vezes se tornam realidade. Mas nem sempre isso acontece. E a gente não pode viver de sonhos, não é mesmo?

    Dona Francisca estava radiante, orgulhosa com aquela vitória. Se dependesse dela, não ficaria ali nenhum dia a mais. Não se adaptara à fazenda, sentia saudades de Portugal, dos parentes e da vida social que tanto apreciava. Tinha esperança de que no Rio de Janeiro pudessem voltar ao estilo de vida que deixaram na terrinha. Ademais, não gostava de ver seu filho brincando com Rosa. Não queria que André andasse com crianças escravizadas. Aquele mundo, o da fazenda, não era o mundo que planejara. Para ela, Miraflores era um "fim de mundo". Precisava afastar o menino dali. Eduardo não aguentava mais tantas lamentações. Partiriam para o Rio de Janeiro e começariam uma vida nova.

    — Enfim voltarei a ter vida! Quero ver meus primos que moram no Rio de Janeiro. Eles são muito ricos, fizeram fortuna porque caíram nas graças do imperador. Tu sabes, não é, marido? — tagarelava Dona Francisca. — Quero conhecer a Igreja de Nossa Senhora da Glória, onde eles foram batizados. E quero ir a Petrópolis quanto antes. Dizem que o clima é agradabilíssimo e, quem sabe, possamos conhecer a família real, não é, marido?

    Àquela altura nem ela nem ninguém sabia que aquilo não seria possível. Mas isso eu só vou contar depois.

    André emburrou. Não preciso dizer o quanto gostava da fazenda. Queria permanecer ali, correr livre pelas alamedas, tomar banho de rio e comer frutas no pomar. Queria arrancar os sapatos e andar com o pé no chão de terra úmida como a amiga. Para André, andar descalço fazia parte da brincadeira, mas para Rosa, não. Aquela era a sua realidade. Às pessoas escravizadas não era permitido usar sapatos. Para André, andar descalço era uma escolha. Para Rosa, não. Rosa sempre andava descalça.

 André queria pescar lambaris e ouvir as histórias de Vô Tonho. Queria ganhar as cocadinhas e os caramelos da avó, deitar no colo dela e ouvi-la cantar. Queria explorar aquele mundo com Rosa e com as outras crianças que viviam ali. Durante o tempo em que vivera na fazenda Miraflores, André fizera amizade com outras crianças, todas escravizadas: tinha o Pedro, que era filho da Madalena, o Mangaba, a Margarida, a Rita. Mas Rosa era a sua melhor amiga.

— E se eu ficasse aqui em Miraflores com minha avó e meu avô? — perguntou, ansioso, ao pai.

— André, você precisa estudar, o futuro é incerto. São novos tempos, a situação política está insustentável, dizem que a abolição está em estudo e isso porá em risco a economia do país. Com certeza a fazenda sofrerá sérias consequências financeiras. Coisas que você ainda não tem capacidade para entender. Preciso de você no Rio de Janeiro, tenho planos para os negócios da família. Você poderá visitar a fazenda uma vez por ano.

— Mas, meu pai…

— Não tem "mas", nem meio "mas". E nem sombra de "mas"! Já está decidido, não quero mais ouvir nenhuma palavra sobre isso.

Eduardo encerrou o assunto com autoridade e, assim, André constatou que não havia mais jeito. O pai tinha tantos argumentos: os estudos, os negócios, a vida na corte, o futuro… O futuro. André nunca pensara nisso. O futuro já estava acontecendo desde que saíram de Portugal e se mudaram para a fazenda. Deixara as lembranças de seu país escondidas em alguma gaveta de seu coração. Nem lembrava se tinha sentido falta da casa ou de um amigo, ou de algum brinquedo esquecido. Ali ele tinha tudo. Para André, a fazenda Miraflores era o seu novo mundo.

Aqueles últimos dias foram ainda mais divertidos. Rosa e André fugiam da melancolia da futura separação e brincavam como nunca. Não falavam sobre a mudança. Inventavam brincadeiras de faz de conta e molhavam os pés na água clara e gelada do rio. Junto com as outras crianças da fazenda, retornavam quase todos os dias à casa de Vô Tonho e pediam histórias que o velho contava uma após a outra. Eram histórias de valentia, histórias de meter medo, histórias de onça-pintada, de curupira, de mãe-d'água... era um sem-número de narrativas que Vô Tonho ouvira quando menino e agora recontava para as crianças da Miraflores.

Dona Francisca quase não se dava conta das escapadas do filho e, quando percebia sua ausência, o marido a tranquilizava dizendo que logo estariam no Rio de Janeiro e que André se esqueceria da convivência com aquelas crianças.

— Deixa estar, Francisca, que já, já ele esquece. Irá para o colégio dos padres e não terá tempo de pensar noutra coisa senão nos estudos.

André despistava da vigilância da mãe e corria para encontrar Rosa. Quase sempre levava alguns livros para que a amiga os lesse durante o tempo em que estivessem separados.

— Mas, André, será que eu vou conseguir ler sozinha? E o seu avô, não vai sentir falta dos livros?

— Você é inteligente, Rosa. E, além do mais, já aprendeu o suficiente pra ler estes livros sozinha. Quando eu voltar, você devolve e eu coloco tudo na estante de novo. Ninguém vai notar. Meu avô quase não lê mais, diz que tem a vista cansada.

Dois ou três dias antes da mudança, Vô Tonho tinha preparado uma tiara de gravetos enfeitada com pequenas flores e tiras de pano.

— É pra coroação da menina, sinhozinho menino.

Vô Tonho colocou a coroa de flores na cabeça de Rosa. Fez uma reverência e disse solenemente:

— Agora você é uma princesa: Rosa Valente dos Anzóis Pereira, a Princesa da Flor do Baobá!

André também fez uma reverência. Rosa sorriu, Cotoco latiu. Era brincadeira, mas era verdade.

Vô Tonho ensinou:

Eu ia passando, flor de maravilha
pelo bebedor, flor de maravilha
Rosa e André aprenderam:
meu chapéu caiu, flor de maravilha
meu amor panhô, flor de maravilha

Foi então que a família se mudou para a cidade de São Sebastião do Rio de Janeiro. Levaram os baús e as malas repletos de roupas e de objetos que trouxeram da Europa. Levaram também Luiza, a excelente cozinheira da casa-grande, mais Horácio, Socorro e Joaninha, que trabalhavam na fazenda.

André e Rosa, de amigos inseparáveis que eram, foram separados. Na despedida, juraram que seriam amigos para sempre. Rosa não se conteve e deixou caírem algumas lágrimas. Delicadamente, André tocou uma que escorria no rosto dela, a provou e disse:

— Salgada.

Também ele estava emocionado. Também ele tinha uma lágrima salgada a escorrer pelo rosto. Meninos também choram.

— Promete que seremos sempre amigos? — André pediu.

— Juro por tudo que é mais sagrado.

Para desviar a tristeza, André brincou:

— E eu juro por tudo que é mais salgado!

Depois de um ano ele voltaria, e no ano seguinte e no outro também.

6. CANTEIROS

Cotoco nunca deixava Rosa sozinha. A não ser quando dona Sofia chamava a menina para lhe dar cocadas ou bolo de amendoim, ou simplesmente para lhe fazer companhia. Dona Sofia sentia muito a falta dos netos, ainda mais depois que seu marido ficou doente. Ela chamava, Rosa ia até a cozinha, se sentava no banquinho de madeira e contava as histórias que ouvia de Vô Tonho, ou as que lia nos livros que André emprestara. Ou, então, cantava as músicas que iaiá tanto gostava de ouvir. Cotoco esperava do lado de fora da casa. Sentinela.

Antes dona Sofia gostava de comandar a cozinha, mas, com a casa quase vazia, foi perdendo o gosto. Era bom ouvir Rosa cantar:

Olha a rosa amarela, Rosa
Tão bonita e tão bela, Rosa...

Para os mais velhos, um ano passa depressa, mas, para as crianças, como custa a passar!

Dona Sofia foi tomada por uma enorme tristeza. Não só porque estava afastada dos netos, mas porque entendia que sua vida passava num piscar de olhos. O marido, deitado na cama quase as vinte e quatro horas do dia; o filho, ela pouco via. A vida simplesmente escapava. Apegou-se a Rosa e, quando percebeu no olhar da pequena o desejo de aprender, dedicou-se a transmitir-lhe tudo o que sabia: o preparo dos doces e a poesia. Dona Sofia era amante da leitura. Com o prazer de quem quer conhecer o mundo, a menina prestava toda a atenção a tudo o que a senhora dizia.

Mas Rosa também tinha muito a ensinar. Transmitia a dona Sofia a arte da jardinagem, que conhecia desde pequena observando Aurora trabalhar, como também os segredos dos chás medicinais, que aprendia com Vô Tonho. A lida das plantas era resultado de um saber que vinha de muito longe, um saber ancestral.

Saudade apertava. A menina procurava manter-se ocupada o tempo todo, pois sabia que se ficasse quieta ficaria triste. Triste como a dona da casa. Ajudava a mãe no jardim, brincava com as outras crianças, corria à casa de Vô Tonho, colhia flores para iaiá, cantava, lia, aprendia, ensinava. Empenhava-se mais e mais na jardinagem. Tinha seu próprio canteiro, que cuidava como quem cuida de bebês. As flores substituíam os brinquedos que não tinha. Eram rosas-do-mato, lírios-da-paz, antúrios, margaridas. O canteiro era o seu mundinho.

Aquele primeiro ano foi muito difícil, porém a ausência do amigo deixou espaço para que Rosa, cada vez mais, refletisse sobre a sua condição. Junto às outras crianças que, como ela, estavam condenadas a viver sem outra perspectiva a não ser o trabalho duro e forçado, percebeu a importância de contagiar de alegria e esperança aquele lugar.

As histórias contadas por Vô Tonho e os livros de aventuras que André deixara enriqueceram seu vocabulário e deram nome a sentimentos e estados de alma que ela conhecia, mas não sabia nominar. O valor da liberdade, a compaixão, a solidariedade ganharam ainda mais força à medida que Rosa crescia. O convívio com Vô Tonho, que lhe passava o conhecimento das plantas medicinais e a sabedoria das histórias ancestrais, como também a leitura solitária dos livros de André, lhe incitaram um enorme desejo de passar adiante o seu saber. Desejou que todas as crianças da fazenda pudessem aprender a ler e a se deliciar com o universo de enredos mágicos e de ideias novas que moravam nos livros. A leitura liberta. Rosa compreendeu aquilo e quis compartilhar com os amigos seus pensamentos sobre sua condição e seu destino.

Resolveu, então, dividir com as outras crianças o que tinha aprendido. Mas tinha que ser às escondidas, pois, sem que ninguém dissesse, ela tinha a impressão de que aquilo era proibido. As crianças se sentavam à sua volta e Rosa ia mostrando as letras, riscando com um graveto o chão de terra batida.

— Olha a tua menina, Aurora! Tá ensinando as outras crianças, espia! — disse, certa vez, Madalena à amiga.

Aurora sorriu, sabia que uma transformação estava acontecendo na cabecinha da filha. Não eram só as pernas que estavam mais compridas, nem o corpo que estava se formando, eram outras mudanças que Aurora ainda não entendia.

Rosa semeou novos canteiros. Ensinou cada criança a ler e a escrever o próprio nome. Sabia que aquelas sementes um dia iriam brotar.

Uma vez Rosa viu Mangaba apanhar um passarinho que se prendera em uma arapuca e colocá-lo em uma gaiola que ele mesmo tinha feito. Mangaba tinha essa mania: caçar passarinhos e prendê-los. Depois ele pendurava as gaiolas nos galhos de uma goiabeira que tinha por ali e ficava apreciando o canto dos pássaros. Rosa entendeu que os passarinhos cantavam tanto e tão bonito porque sentiam falta de sua liberdade. Liberdade era uma palavra que ela conhecia, mas ainda não experimentara. Sabia que era o oposto daquilo que ela e os outros viviam, ou seja, um *não poder*, um *não poder ir*, um *não poder querer*.

Naquela mesma tarde, já com o sol se escondendo, fez uma travessura. Não queria castigar o amigo Mangaba, mas seguiu seu instinto: abriu uma por uma as portinhas das gaiolas. Ajudou os passarinhos a sair e alçar voo. Liberdade era aquilo.

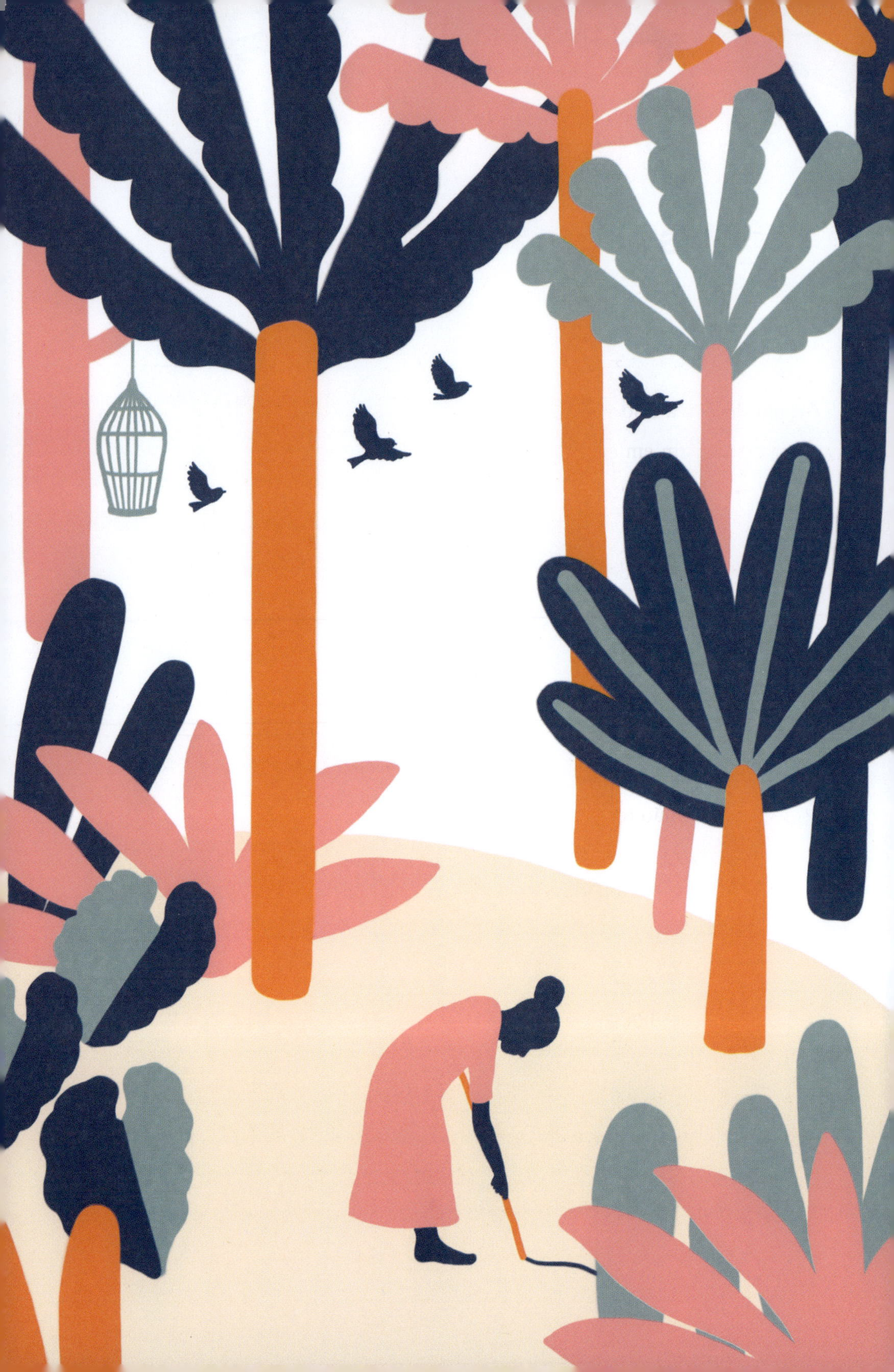

7. AS DÁLIAS E AS VIOLETAS

No Rio de Janeiro as coisas pareciam caminhar como dona Francisca sonhara. Pareciam. André foi para o colégio dos padres como o pai desejava e só visitava a família uma vez por mês. Dália e Violeta estudavam em casa, a família contratou uma professora francesa, *mademoiselle* Hortense. Além de francês, tinham aulas de bordado, postura, piano e todas aquelas coisas que as meninas ricas aprendiam naquele tempo. Tudo parecia bem. Os negócios da família iam de vento em popa. Só que aconteceu algo inesperado. Quando a nova casa da família Pereira estava pronta e bem arrumada com cortinas de veludo, louça de porcelana inglesa e cristais da Baviera, dona Francisca começou a sentir-se mal, tinha fortes dores no peito, tossia, desmaiava. Foram semanas e mais semanas de muito nervosismo e de um entra e sai de médicos. Ela não resistiu.

Alguns meses depois, André e as irmãs foram visitar os avós na Miraflores. Uma viagem de luto. Além das três crianças e seu pai, também foi à fazenda a professora francesa, a quem chamavam de *mademoiselle*. A professora também acumulara a tarefa de substituir dona Francisca nos afazeres domésticos. Era agora a governanta da casa do Rio de Janeiro.

André estava bastante abatido, também pudera. As gêmeas quase não saíam para o jardim, mas, observadas por *mademoiselle*, puderam receber um buquê de flores e um abraço de Rosa, na varanda da casa-grande.

Mademoiselle Hortense era uma mulher bonita, talvez tivesse a mesma idade de dona Francisca, ou de Aurora. Vestia-se de luto, como toda a família, todavia muito elegante. Impecável. A princípio quase não falava e, quando o fazia, apresentava um forte sotaque. Se as crianças da fazenda pudessem ouvi-la, na certa achariam graça do seu jeito de falar. Mas não podiam, não era permitido que chegassem perto da casa. Só podiam ir à casa os que faziam trabalhos domésticos. E Rosa.

Quando André foi procurar Rosa e as outras crianças, recebeu abraços e palavras de conforto. Mangaba o presenteou com uma bela pena azul que algum pássaro graúdo deixara cair por ali. Era uma pena bonita de se olhar, e André poderia afinar sua ponta, molhá-la na tinta e escrever, que eram assim as canetas de antigamente. Era um presente à toa, mas para Mangaba e para os outros a pena tinha um significado. Além da beleza do azul, ela serviria para os estudos de André, e ali todos sentiam orgulho por ele poder estudar e depois seguir uma carreira. Mas Rosa, que estava mudada e amadurecida depois de tanta leitura, pensou que aquela pena podia também servir como um símbolo de liberdade. Liberdade. Aquela palavra estava sempre por perto.

André trouxe para os amigos um saquinho de pano cheio de conchas. Eles nunca tinham visto conchas e acharam aquilo muito curioso, ainda mais porque André explicou que elas vinham do mar e que, assim diziam, traziam sorte. André contou que o mar era salgado, azul e imenso, e que era repleto de seres vivos, peixes, moluscos e até sereias! Rosa sorriu. Estavam todos comovidos.

Depois, quando as crianças tiveram de voltar para o batente, André e Rosa ficaram a sós, passeando por ali. Visitaram Vô Tonho, que, para André, pareceu bem mais velho.

Mais tarde, sozinhos e caminhando devagar, Rosa perguntou:

— André, você acredita em outra vida?

— Você quer dizer depois da morte?

— Sim, depois que se morre.

— Eu ainda não sei, Rosa.

Depois de um breve silêncio, Rosa filosofou:

— Eu acredito. Acho que os mortos ainda existem.

— Como assim?

— Acho que as pessoas que morrem vivem dentro da gente. São os nossos ancestrais.

Os dois sorriram um sorriso meio triste e, em seguida, acho que para não chorar, André saiu correndo. Rosa correu atrás. Depois, cansados, deitaram-se no chão com a barriga para cima. Naquele momento sentiram como se o tempo não tivesse passado. Entre amigos isso quase sempre acontece; às vezes, passam anos sem se encontrar e, quando se reencontram, parece que nunca se separaram.

No ano seguinte, houve nova visita. O avô de André já não se levantava mais, mal falava, ficava parado, o olhar opaco mirando o nada. Dona Sofia contava com a ajuda de Rosa e de Aurora para cuidar de seu marido. Rosa já sabia fazer os chás e os xaropes que aprendera com Vô Tonho. Aquela panaceia amenizava o sofrimento do senhor Pereira. Porém, não havia no mundo um remédio que aliviasse o sofrimento de quem vivia cativo.

Não quero continuar esta história falando só de tristezas. Já tinha prometido isso. Quero continuar falando de amizade e liberdade e da vontade de entender as coisas da vida.

Amizade é como jardim. É preciso cuidar, é preciso regar e arrancar o que não serve. É preciso podar de vez em quando para crescer mais e mais forte. Na Miraflores algumas amizades foram crescendo e florescendo como os jardins. Pedro era mais que uma companhia para André e Rosa, e também a Rita, o Mangaba e a Margarida. Cotoco também era um amigo, sabia escutar e nas brincadeiras era quem mais se divertia. Estavam todos crescendo, e os interesses estavam pouco a pouco mudando.

Certa vez, Pedro e André estavam sentados observando Rosa, Margarida e Rita conversando logo adiante. Pedro confessou:

— Sou doidinho por ela, André.

— O quê? Doido por quem?

— Pela Margarida. Quando eu crescer, vou virar guerreiro, lutar pela liberdade do meu povo e volto pra casar com ela.

Um dia antes de a família retornar ao Rio de Janeiro, André e Rosa juraram mais uma vez que seriam amigos para sempre. André pegou um canivete e marcou no tronco de uma árvore:

Rosa e André

Ainda não sei se essa amizade durou mesmo para sempre, mas, naquele momento, tanto para um como para o outro, aquilo era verdade.

— O que você vai ser quando crescer, André?

O menino pensou um pouco e respondeu:

— Acho que vou ser abolicionista.

8. É DE CRAVO, É DE ROSA, É DE MANJERICÃO

Certa vez Margarida caiu doente. Febre alta, dores agudas no estômago, quase não conseguia abrir os olhos. Pedro ficou nervoso, correu à casa do Vô Tonho, mas voltou logo em seguida esbaforido.

— Rosa! Rosa! Vô Tonho tá chamando! Depressa!

Por causa da idade avançada, Vô Tonho estava muito enfraquecido, já não tinha forças para ir à senzala. Ensinou Rosa a preparar uma beberagem com as ervas que tinha no quintal. Explicou o tratamento, e Rosa correu de volta à senzala. Tratou de Margarida com tanto cuidado que Aurora se espantou.

"Que menina inteligente! Ela aprendeu isso tudo e eu nem percebi que minha Rosa não é mais uma criança", pensou com orgulho.

Depois de algumas horas, a febre tinha cedido, mas Margarida ainda sentia dores. Então, Rosa correu à casa-grande e pediu ajuda à dona Sofia, precisava de ingredientes que encontraria na pequena horta da casa-grande. Preparou um xarope com poejo, hortelã, cravo-da-índia, pétalas de rosa e manjericão. Dona Sofia separou alimentos e cobertores para que Rosa levasse à Margarida.

Nem bem o dia amanheceu, dona Sofia avistou Aurora, que já estava começando a trabalhar no jardim. Perguntou por Margarida.

— A menina ainda sente dor, iaiá. Minha Rosa está com ela na senzala. Ficou ao lado dela a noite inteirinha.

— Eu vou até lá. Entra, Aurora, e toma conta do meu marido que ele vai acordar daqui a pouco.

— Mas, iaiá...

Dona Sofia não esperou Aurora argumentar. Parece que ouviu uma voz dentro de si que lhe dizia para agir. Foi depressa para a senzala. Ao verem a senhora se aproximando, algumas mulheres e crianças, que estavam ali de vigília aguardando a melhora de Margarida, surpreenderam-se e se afastaram. Respeito ou temor?

Quando dona Sofia entrou e verificou com os próprios olhos as condições do lugar, sentiu um aperto no peito, uma tristeza tão grande... Sentiu culpa. Sim, seu desinteresse, sua cegueira conveniente, sua falta de empatia pelas pessoas que trabalhavam na fazenda também a condenavam. Afinal, aquela era a *sua* casa, ela também era responsável pelo tratamento desumano a que eram submetidas aquelas pessoas. Como pôde viver tantos anos ignorando aquilo?

Achava que era sua obrigação atender às ordens do marido, que não permitia que ela saísse nem dos arredores da casa, nem da capelinha que tinham ali. Mas por que obedeceu? Por que não quis saber? E mesmo depois da doença do marido, e mesmo depois de se apegar a Rosa e a Aurora, nunca se interessara em saber como elas viviam. E aquilo não era viver. Sofia fora omissa e jamais se perdoaria por isso. Quem cala consente, não acha?

Observou Rosa, aquela menina que conhecia todas as flores e que sabia preparar xaropes e remédios. Soube que ela esteve debruçada sobre Margarida, enxugando seu suor e levando água à sua boca. Presenciou a dedicação da menina, que agora já era quase uma mocinha, tão inteligente e determinada.

— Iaiá! Veja, iaiá! Margarida está melhorando! — Rosa exclamou com alegria.

Dona Sofia sentiu alívio. Alívio, compaixão e remorso. Foi à capela e fez uma promessa: se Margarida se curasse, a partir daquele dia, iria ela mesma tratar de mudar a vida daquele lugar.

No dia seguinte, toda a senzala estava em festa. Dançavam e cantavam, davam vivas à Margarida e aplaudiam Rosa, que tinha agido com calma e precisão.

Dona Sofia cumpriu a promessa. Mandou que limpassem a senzala e pintassem as paredes, mandou fazer camas decentes, comprou travesseiros, colchões, lençóis e cobertas. Em poucos meses, mudou aquilo tudo.

E, principalmente, proibiu castigos.

Antes daquele episódio, ela não se julgava capaz de mudar a realidade. Naquele tempo, as mulheres de sua condição social tinham de obedecer aos maridos. Sozinha, dona Sofia não podia reparar o absurdo da escravidão. Não tinha poderes legais para alforriar ninguém, já que seu marido era o proprietário da fazenda, dos negócios e dos escravizados. Ela carregou aquela culpa pelo resto da vida. A culpa de ser conivente com toda aquela situação. Alforriar os escravizados, pagar salários pelo seu trabalho, oferecer a dignidade de serem livres, isso sim era o que deveria fazer. Mas, como disse, sozinha ela não podia. Tinha de convencer o filho Eduardo, o pai de André. Essa seria sua luta a partir de então.

Tratou de melhorar a vida na fazenda. E o que ela fez de mais importante naqueles tempos, sem dúvida, foi transformar um velho celeiro em escola. E era ela mesma quem ajudava Rosa a ensinar as crianças. Dona Sofia voltou a viver. Tinha agora um propósito: mudar Miraflores. E foi agindo assim que voltou a se alegrar. Abriu todas as janelas da casa, voltou até a cantarolar. Enfim, deixou o sol entrar novamente em sua vida.

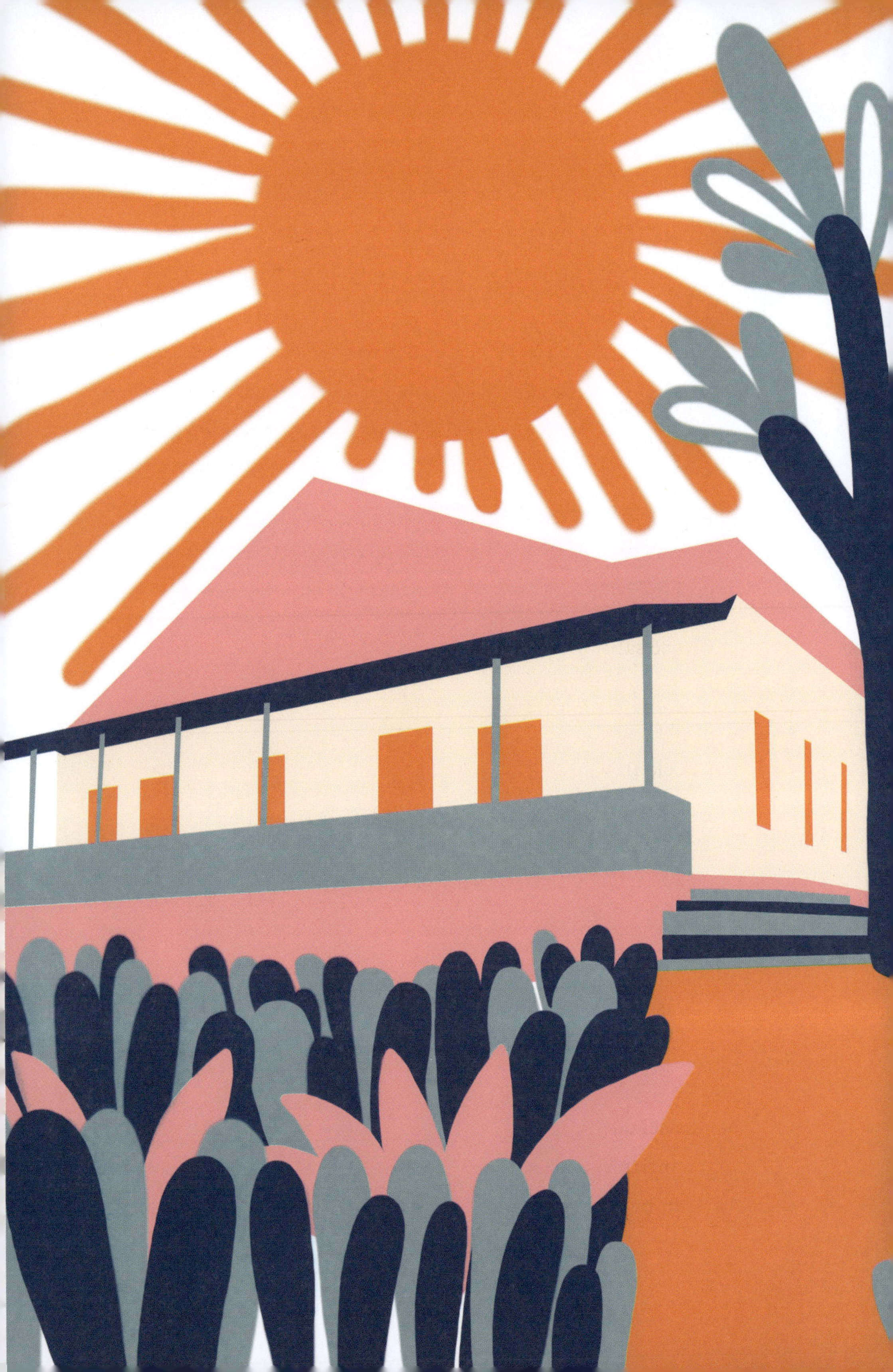

9. HORTÊNSIAS

Aurora acordava antes de o dia nascer, então, sorria acolhendo o sol em seu sorriso. Porém, houve uma manhã em que não sorriu, sentiu o coração acelerado e as mãos trêmulas. Intuição.

— A minha filha! Algo está pra acontecer com ela.

Em vez de se dirigir à casa-grande, foi direto ver Vô Tonho. O velho já estava de pé e não estranhou a visita. Vô Tonho era meio adivinho. Aurora contou a ele que estava sentindo uma sensação inexplicável, mas que tinha certeza de que era algo relacionado à Rosa.

— Você sabe que as coisas vão mudar, não sabe, minha filha? Mas não se preocupe, não, que vem notícia boa pra ela. Essa menina é diferente das outras, você sabe disso faz tempo, não é? Deixa ela ir, filha. Deixa ela ir, vai ser melhor pra ela. É o destino.

Aurora compreendeu. Não se pode lutar contra o destino. Mais tarde, cuidando das flores, colheu uma rosa vermelha e a deu à filha.

— Rosa, quero te falar uma coisa. Filha, você não cabe nisso daqui. Você é maior do que esta fazenda, tem que ir embora e ganhar o mundo.

— Mas como, minha mãe? Meu mundo é a Miraflores, não tem como sair daqui. E além do mais, tenho você e as outras crianças.

E Aurora pressentiu:

— Eu sei que você vai voar, Rosa. Não sei como, mas eu sinto. Vô Tonho confirmou que seu destino está em outro lugar. Você vai voar que nem passarinho. Não tem que se preocupar comigo, não, sempre estarei aqui. Iaiá está mudada e precisa muito de mim pra melhorar as coisas.

Rosa nunca tinha pensado que um dia pudesse deixar Miraflores. Aquilo era impossível, sua condição não permitia. Confortava-se imaginando que era ela quem vivia as aventuras narradas nos livros que lia e nas histórias que ouvia. Devaneios. Sabia que ela e todos os outros que viviam ali estavam fadados a continuar trabalhando debaixo de chuva ou debaixo de sol até o fim de seus dias. Mesmo as outras crianças, as que vieram ao mundo depois da Lei do Ventre Livre, a lei que libertava os nascidos em cativeiro, mesmo essas crianças iriam continuar ali. E para onde iriam? Que opções teriam?

Naquele mesmo ano, no Rio de Janeiro, o senhor Eduardo Pereira, o pai de André, casou-se com *mademoiselle* Hortense.

Mademoiselle Hortense cuidava da casa e das crianças, era culta e bonita, o viúvo logo se apaixonou. De *mademoiselle* passou a *madame*. Era uma boa madrasta, carinhosa e cuidadosa, mas muito severa na educação das meninas. Sabia governar a casa, tinha pulso firme, e procurou não modificar as regras nem a rotina que dona Francisca criara anteriormente. Mas uma coisa ela mudou: o cardápio. Inseriu suas receitas francesas, cheias de molhos e queijos, *terrines* e patês, sobremesas das mais deliciosas, profiteroles e *crème brûlée*.

E houve outra coisa que ela mudou naquela casa: o estado de espírito de todos. Hortense trouxe de volta a alegria daquela família. Depois do luto, ela organizava festas e saraus que enchiam a casa de poetas e artistas, a fina flor da intelectualidade brasileira. Naquelas ocasiões, fazia questão de apresentar Dália e Violeta, que tocavam piano e recitavam poemas. Durante as famosas reuniões, também se discutiam política e economia. Quando estava em casa, André prestava atenção naquelas conversas acaloradas. Aqueles debates sobre abolição e república muito lhe interessavam.

Hortense era uma mulher moderna, por assim dizer. Moderna para os padrões da época. Seu comportamento e suas opiniões demonstravam inteligência e abertura para ideias novas. Ela e o marido frequentavam teatros e salas de concertos. Eduardo estava fascinado pela francesa e achava que aquelas ideias progressistas de Hortense lhe davam certo charme. Mas não dava crédito. Afinal ela era "apenas uma mulher". Sua mulher. Sua.

E tinha também a casa de Petrópolis que a família alugava durante o verão. Hortense tinha cheiro de verão. Aliás, era em Petrópolis o colégio onde André estudava agora. A mesma cidade onde a família imperial desfrutava da natureza e do clima agradável. Petrópolis e suas hortênsias!

De vez em quando a família visitava Miraflores. Houve um ano em que André não apareceu. Rosa fingia não se importar. Com o passar do tempo, tinha aprendido a controlar a saudade do amigo, afinal já estava bem crescida. Tinha estatura e maturidade, bem mais do que as outras crianças da fazenda. Ademais, estava sempre ocupada na escola do celeiro ou no jardim. De vez em quando, ia até a árvore onde o seu nome e o de André estavam gravados. Cotoco ia junto. Cotoco sabia de tudo. Também sentia saudades.

De longe, Hortense a observava:

"Quantos anos teria Rosa?", se perguntava. "Quinze? Dezesseis? Com certeza é mais velha do que as gêmeas."

Hortense admirava seu porte e seu talento para cuidar das flores. Admirava mais ainda a atenção que Rosa dava à dona Sofia. Mais de uma vez a procurou para conversar e logo percebeu sua inteligência. Tratou de convencer Eduardo a levá-la para o Rio de Janeiro.

— *Édouard*, precisamos de uma pessoa como ela para cuidar do jardim. A festa de aniversário de quinze anos de Dália e Violeta será daqui a alguns meses, quero a casa e os jardins irretocáveis. Devemos levar também mais dois ou três ajudantes. Será a festa mais espetacular da corte.

— Mas ainda faltam oito meses!

Eduardo custou a ceder, mas Hortense sempre conseguia o que queria.

Então, fez o convite. Rosa ficou tão surpresa que não soube como responder. Além do mais, ela não tinha escolha. Pessoas como ela não tinham querer. Se os senhores dissessem: "Vá plantar batatas!", ela tinha que obedecer ou, então, seria castigada. Era assim que era.

Rosa não queria deixar sua mãe nem seus amigos. No entanto, ao mesmo tempo, queria viver aquela oportunidade imprevista. Às vezes a gente quer, mas não quer, uma mistura de medo e desejo.

E tinha também o André...

Mesmo sabendo que André ficava interno no colégio em Petrópolis, pensava que, no Rio de Janeiro, estaria mais perto dele. Mas e Aurora? E a escolinha? E iaiá?

Durante a visita do filho e de sua família, dona Sofia procurou esconder suas atividades junto às crianças de Miraflores. Suspendeu temporariamente as aulas e evitou conversar com Eduardo sobre as mudanças na fazenda. Dona Sofia não sabia a posição do filho em relação à escravidão. Mas Eduardo não tardou a perceber que as coisas estavam muito diferentes desde sua última visita.

Em um fim de tarde, durante o jantar, ele perguntou:

— O que foi feito do tronco, minha mãe?

— Deu cupim, mandei tirar — ela tentou disfarçar.

Eduardo quis rebater, mas Hortense deu-lhe um chutezinho por debaixo da mesa, como se estivesse pedindo que se calasse. À noite, no quarto, Hortense convenceu-o a não perguntar outra vez sobre troncos e castigos à dona Sofia, pois ela devia saber o que estava fazendo. Ademais, a doença de seu marido era grave e não seria prudente que ele, Eduardo, interpelasse a mãe naquela situação.

Você deve ter ouvido falar que, naquele tempo, os senhores mandavam amarrar num tronco aqueles que fugiam e depois eram encontrados, ou aqueles que se revoltavam e desobedeciam. Mandavam amarrá-los e davam ordens para chicoteá-los. Vinte, trinta, cinquenta chicotadas! Havia outros castigos de tamanha crueldade que não vou descrever aqui. Debret, aquele artista francês de quem já falei anteriormente, registrou alguns desses momentos terríveis em seus desenhos.

— O mundo está evoluindo, *mon amour*. Não se pode mudar o curso da história. O Brasil tem que acabar com essa desumanidade.

Já quase dormindo, o marido respondeu:

— Parece que os ecos do abolicionismo já chegaram a Miraflores. Amanhã conversaremos sobre isso. Se estivesse lúcido, meu pai não iria gostar nada disso.

10. FLOR DE BAOBÁ

Dália e Violeta adoraram a ideia de ter Rosa no Rio de Janeiro. Estavam radiantes com o baile que a madrasta iria preparar para elas, e Rosa era a pessoa ideal para cuidar dos jardins. Elas queriam muitas flores e sedas e valsas e, claro, rapazes para dançar.

— Rosa! Ó Rosa!

Dona Sofia a chamou da cozinha. Conversaram longamente enquanto tomavam chá de erva-cidreira e apreciavam biscoitinhos de araruta.

— Não posso prendê-la aqui, Rosa. Não posso ser egoísta a esse ponto, não depois de tudo o que passamos juntas. Você me ajudou a enxergar a vida de outra maneira, com mais alegria, mais solidariedade, mais esperança. Vá para o Rio de Janeiro, vá viver o seu destino.

— Mas, iaiá, eu...

— Não tenha medo da sua sorte, Rosinha.

Ambas estavam emocionadas. Um cheiro de doce de goiaba invadia a cozinha e os outros cômodos da casa. Aquele cheiro gostoso iria ficar registrado para sempre na memória de Rosa.

Então, a senhora deu-lhe um beijo na testa e disse:

— Vou cuidar para que sua mãe sempre tenha notícias suas e que não falte nada a ela. Aurora será minha grande aliada para tocar as coisas por aqui. Vamos continuar a escola, os jardins, vou aprender com ela a fazer os remédios e tudo o mais.

— Iaiá, vou sentir saudades de minha mãe e de tudo aqui.

— Nós também sentiremos, Rosa. Mas você vai conhecer tanta coisa... você vai ver o mar!

Dona Sofia enxugou no avental suas lágrimas salgadas como o mar e deu a Rosa um pote de doce de goiaba.

— O que eu queria mesmo era lhe dar a liberdade. Ainda não sei como fazer, mas eu vou lutar. Ainda quero ver você livre. Você e todos aqui. Mas isso ainda é um sonho.

Hortense ouviu parte daquela conversa. Entendeu que dona Sofia podia ser uma grande aliada para mudar as ideias conservadoras de Eduardo.

Rosa saiu dali com a cabeça cheia de pensamentos. Por que dona Sofia não podia libertá-la? Que lei a proibia? Por que era tão submissa?

"Ela disse que vai lutar. Mas como? Só sei que eu vou. E não vai ser só por mim. Ainda não sei como, mas eu vou", Rosa pensava enquanto se dirigia à casa de Vô Tonho.

Ele não disse nada, mas sorriu quando ela chegou e lhe beijou a mão. O velho sabia que Rosa seria feliz e que nunca mais voltaria a vê-la. Apenas lhe deu a sua bênção.

Naquela noite, mãe e filha quase não dormiram.

— Eu volto pra te buscar, mãe.

— Nada disso, Rosa, você não pode voltar. Entenda o que estou dizendo. Você tem a sorte de conhecer outra vida. Não deixe esta chance escapar. Eu vou ficar bem. Manda carta, eu peço pros meninos, agora eles já sabem ler. Graças a você. Minha maior alegria é você ter um futuro diferente do meu. Siga em frente, não olhe pra trás, minha filha.

— Mas eu tenho medo...

— E você acha que eu não tenho? O medo é uma coisa que você tem que sentir pra depois ter coragem. Escuta bem uma coisa, lembre-se sempre do seu nome, que foi Vô Tonho quem lhe deu quando você nasceu: Rosa Valente.

Pela manhã, prepararam a trouxa da menina. Dobraram os poucos panos que ela tinha: um manto, duas saias, três ou quatro batas. Rosa não tinha muita coisa mesmo, mas as poucas que possuía tinham um imenso valor sentimental. Rosa não se esqueceu das conchas que André lhe dera, nem da tiara de flores, agora já secas, que Vô Tonho preparara para a sua coroação de brincadeirinha. Lembrou-se do título que André inventara.

"Eu sou a Princesa da Flor do Baobá", pensou.

Guardou também a bonequinha de pano que sua avó fizera. A avó que ela nem conheceu, a avó que era rainha e que viera de tão longe… além do mar.

— Eu vou ver o mar! Será que tem flor no mar?

11. FLOR DO MAR

Madalena fez um turbante com um tecido colorido e o amarrou na cabeça de Rosa. Todos na senzala queriam que ela partisse para o Rio de Janeiro e depois voltasse contando tudo o que tinha visto. As crianças menores fizeram uma roda ao seu redor e cantaram *A rosa amarela*, a música de que ela mais gostava. Os amigos vieram despedir-se com abraços e vivas. A separação era triste, sim, mas quem amasse Rosa sabia que sua partida era o melhor que podia acontecer a ela. Um mundo novo estava a caminho.

Cotoco choramingava. Era sua maneira de se despedir, mas, depois de um afago da amiga, distraiu-se com as outras crianças e saiu atrás delas abanando o rabo.

— Adeus, Rosa!

— Adeus, Rosinha!

Na fazenda, o trabalho continuaria como antes: dona Sofia seguiria cuidando de tudo. O dono da casa permaneceria entrevado na cama. As flores brotariam nos canteiros, as crianças brincariam, os homens e as mulheres trabalhariam. Mas castigo? Isso Miraflores não veria nunca mais.

A família do senhor Eduardo acomodou-se em um coche, uma espécie de charrete coberta. As gêmeas, o senhor Eduardo e Hortense e, claro, o cocheiro. Atrás, na carroça, que era bem diferente do coche da família, além do cocheiro e de Rosa, iam também Mangaba e outras duas moças, Das Dores e Carminha, que serviriam de mucamas na casa da cidade.

Dália e Violeta pediram ao pai ao mesmo tempo:

— Papai, a Rosa pode vir no coche com a gente?

Com ar sereno, porém firme, Eduardo respondeu:

— Não é apropriado.

Através da janelinha do coche, Hortense observava Rosa. "Cabeça erguida, movimentos suaves e o porte ereto. Rosa tem postura de princesa. Seria mesmo descendente de um rei?", pensou.

A longa e desconfortável viagem até a estação de trem não bastou para que Rosa e Mangaba e as outras duas moças se cansassem. Era a primeira vez que eles saíam da fazenda Miraflores. Tanta coisa para ver! Outros campos, novas paisagens. Surpreenderam-se quando chegaram à pequena estação e avistaram o trem que os levaria ao seu destino, a cidade de São Sebastião do Rio de Janeiro.

O trem de ferro! Ficaram boquiabertos! Mangaba nunca tinha ouvido falar daquilo! Rosa apenas imaginava. As palavras que lera nos livros davam uma ideia daquela estupenda máquina que agora podia ver com os próprios olhos. Era um imenso dragão de ferro soltando fumaça pelas chaminés. Ele engolia as pessoas que entravam alegres e, depois, chegavam às janelas para balançar seus lenços despedindo-se dos que ficavam. A família entrou no vagão de primeira classe e acomodou-se em seus assentos de veludo. Rosa e os outros três foram instruídos a entrar no vagão de carga. Mangaba tremia-se todo, mal conseguia disfarçar. Ali não havia janelas, nem bancos, eram apenas eles e os pertences da família Pereira. Ajeitaram-se como puderam. O trem apitou forte, um uivo agudo e longo. A aventura iria começar.

Mesmo com o coração aos pulos, Rosa convenceu os três companheiros de viagem a abrirem um bocadinho a porta do vagão em que estavam. Além de aliviar o calor, poderiam ver a paisagem correr enquanto o monstro de ferro se movia e alcançava novas fronteiras.

Era impressionante! Inimaginável! Mais ou menos como se eu ou você fôssemos levados para outro planeta em uma supernave espacial, dessas de filme de ficção científica.

Rosa olhava a paisagem e refletia em silêncio sobre sua condição. A sua e a de seus companheiros de viagem. O que eles eram? Propriedade da família Pereira? Pertenciam a uma família, assim como as porcelanas, os tapetes e os cristais? Aquele sentimento era chocante! Era sentir-se um objeto qualquer que podia, a qualquer momento, ser substituído por outro. Um ninguém. Um nada. Nenhum livro saberia descrever aquela dor.

Quando chegaram à estação do Campo, que ficava no centro da cidade do Rio de Janeiro, e ainda com as pernas bambas de nervoso e cansaço, tiveram que descarregar a bagagem dos senhores e colocá-la nos carros de burro nos quais eles também seguiriam. Hortense, o marido e as filhas, naturalmente, embarcaram em um coche elegante.

Foi no trajeto da estação de trem até a casa da família que avistaram o mar. O mar! Um mundo novo se abriu diante dos olhos de Rosa. Pediu ao cocheiro que parasse um pouco para que pudesse apreciar aquela maravilha. Era exatamente como André descrevera: um riozão de água azul e ondulada. Ondas que iam e vinham. Lindo de se ver!

Rosa decidiu: assim que pudesse, iria até a praia. Queria conhecer a sensação de molhar os pés na água salgada. Não sabia como nem quando, mas jurou para ela mesma que iria.

Ao transitarem pelas ruas da cidade, viram coisas formidáveis: o calçamento de pedras, as igrejas, as pessoas, o casario.

— Nossa! Quantas casas! Quantas lojas!

— Quanta gente, meu Deus!

— Como o mundo é grande!

Algumas semanas depois, Rosa e os demais já estavam familiarizados com a casa e as ruas da vizinhança. Adaptaram-se à nova rotina e se interessavam por tudo o que havia de novo.

O tempo corria e nada de André chegar. Durante aqueles seis ou sete meses em que estava no Rio de Janeiro, Rosa treinou Mangaba para ser seu ajudante de jardinagem. Pouco a pouco, as mudas e sementes que trouxera da fazenda brotavam em arranjos que mais pareciam obras de arte. Hortense ficou satisfeita. Quando o marido não estava em casa, ela chamava Rosa para entrar na sala de música e cantar enquanto as meninas tocavam piano.

Olha a rosa amarela, Rosa!

Rosa gostava de ver os livros nas estantes e os quadros nas paredes, mas o que ela mais gostava de ver era um globo com o mapa do mundo. "Que mundão, meu Deus! Quanto mar!", pensava.

Aos domingos, Rosa acompanhava a família à igreja. Caminhava atrás de Dália e Violeta, o senhor e a senhora iam à frente. Via os passantes cumprimentando o casal e ouvia as risadinhas das gêmeas quando reparavam em algum rapaz que lhes interessava. Na igreja, ficava de pé, perto da porta, pois precisava sair antes do fim da missa, voltar correndo para a casa e alcançar o verdureiro que passava de porta em porta vendendo hortaliças frescas. Escolhia algumas e as levava à cozinha para que Luiza, a cozinheira, preparasse o ensopado. Quase sempre os senhores recebiam visitas para o almoço de domingo. Às vezes o próprio padre comparecia. Outras vezes vinham cavalheiros que, após se deliciarem com os fartos pratos preparados por Luiza, passavam com o dono da casa para outra sala, onde discutiam política, economia e os novos rumos previstos para o país.

Algumas vezes Hortense participava desses debates e tinha opiniões assertivas e contrárias às do marido.

Em um daqueles domingos, Rosa saiu da missa bem antes do horário de costume. Estava decidida a ver o mar de perto. Não é difícil imaginar a alegria da moça quando sentiu a água gelada aliviando seus pés, sempre descalços. Pensou naquela imensidão azul e sentiu-se tão pequena quanto um grão de areia diante do oceano. Viu as conchinhas na beira do mar e pensou que, depois daquele azul sem fim, havia outras terras, terras de onde vieram seus antepassados e também as terras de onde vieram André e sua família.

— Que mundão infinito!

Infinito era uma palavra de que Rosa gostava demais! Estava decidido, sempre que pudesse correria para a praia. Depois de molhar os pés, zarparia mais que depressa para cumprir sua tarefa.

Foi assim, com os pés molhados e apressados que, certa vez, esbarrou em uma mulher que pedia esmola pelas ruas. Ela usava um pano longo e desbotado que lhe cobria todo o corpo, deixando apenas o rosto à mostra. Tinha um aspecto medonho e resmungava palavras incompreensíveis. Quando viu Rosa assustada com sua aparência, a mulher gritou:

— Buuuuu!!!

E abriu uma gargalhada que revelou a bocarra quase sem dentes. Rosa correu ainda mais depressa. Lembrou-se das histórias de medo que Vô Tonho contava e que ela e André tanto gostavam de ouvir.

Foi nesse mesmo domingo que, ao chegar à casa da família Pereira, reencontrou seu amigo. André a esperava na companhia de Mangaba, que não parava de sorrir e abraçar o companheiro de infância.

— Veja quem chegou, Rosa, é sinhozinho André!

Depois Mangaba foi para a cozinha todo contente, queria deixar os dois amigos conversando a sós. E também porque tinha medo de que o senhor Eduardo chegasse e o visse ali, rindo com os amigos. O senhor não gostava de intimidades. Nem de conversas e risinhos.

Rosa e André abraçaram-se no jardim em frente à casa. Alegria infinita!

Olha a palavra aí de novo!

12. PÉTALAS

André queria saber notícias de seus avós, e também de Vô Tonho, de Aurora e Madalena, de Pedro e Margarida, e de todos da fazenda. Rosa contou que trocava cartas com dona Sofia e que sabia que o avô do amigo já não falava mais nem saía da cama. Contou da escolinha que dona Sofia construíra e das crianças que aprendiam a ler. Disse que Vô Tonho estava bem, mas, de tão velho, não saía mais de sua casa. Falou que sentia saudades da mãe e das outras crianças. André prometeu que um dia a levaria a Miraflores e que os dois andariam por todos aqueles lugares, e que Cotoco correria atrás deles como era antes. Como era antes...

— Acho que nada será como antes, André.

A família estava chegando da igreja naquele exato momento. Do portão, as gêmeas gritaram ao mesmo tempo:

— André chegou! André chegou!

E correram para abraçá-lo. Rosa afastou-se, não queria ser repreendida pelo senhor. Porém, mais tarde, após o almoço da família, André foi procurá-la.

Procurou-a pela casa. A casa era muito grande: no andar de cima, havia uns cinco ou seis quartos para a família e os hóspedes; no andar térreo, além da varanda, havia uma sala de visitas, mais uma sala para o piano, uma pequena biblioteca, um salão para festas e uma saleta que ligava a sala de jantar à cozinha. Ao lado da cozinha, uma despensa com uma escada de madeira que levava ao sótão. O cantinho de Rosa era nesse sótão.

— Nossa! Você dorme aqui? É confortável?

— É uma gaiola, André. Eu vivo como um passarinho em uma gaiola.

André baixou os olhos. Tinha vergonha de tudo aquilo.

Ao reparar na decoração do ambiente, viu pendurada a tiara que Vô Tonho havia feito.

— Você ainda tem a tiara de princesa!

— Ah, já está velha. As flores estão secas e as pétalas caíram.

Hortense convencera o marido a permitir que Rosa morasse ali, os demais viviam embaixo, no enorme porão da casa. Não era degradante como a antiga senzala da Miraflores, mas era uma senzala. A dona da casa gostava de conversar com Rosa e sempre lhe dava alguma coisa: um livro, um caderno, um cotoco de lápis já usado pelas meninas. Mas não lhe dera sapatos. O que Rosa queria de verdade você deve saber.

Meio envergonhada com a presença de André ali, e os dois sozinhos, Rosa disse:

— Acho melhor a gente descer, André. Seu pai não vai gostar nada se souber que estamos aqui.

Ele achou prudente. Não eram mais crianças. Desceram as escadas e se dirigiram ao quintal dos fundos. André contou que estava entusiasmado com tudo o que aprendia no colégio. Agora estava se preparando para ingressar na faculdade de Direito, por isso ficara tantos meses longe de casa. Rosa, por sua vez, contou que dona Sofia tinha mudado muita coisa na fazenda. Mangaba estava por perto varrendo o quintal e quis se intrometer na conversa dos dois.

— Iaiá mandou tirar o tronco, André! O capataz ficou furioso. Foi um bate-boca só. Pediu as contas e foi-se embora. Agora ninguém apanha mais na Miraflores. Sua avó melhorou a vida da gente.

— E ninguém fugiu?

— Alguns fugiram, sim, que a fome de liberdade é maior que o medo de serem encontrados.

Fugas eram muito frequentes no tempo em que o senhor Pereira, o velho, comandava a fazenda de café. Ele ficava desatinado. Mandava o capataz e seus homens buscarem os fugitivos custasse o que custasse. Quase sempre os encontravam. O castigo você pode imaginar. Então, a retirada do tronco ordenada por dona Sofia tinha um significado muito grande. Aquela atitude marcava o fim de uma era e mostrava a todos que agora era uma mulher que estava no comando.

André gostou de saber. Sentiu orgulho da avó.

— E meu avô?

— Sinhô não sai mais da cama, André. Nem imagina o que está acontecendo. Agora é sua avó quem manda — Rosa explicou.

— Mas, você sabe, enquanto meu avô estiver vivo, ela não poderá alforriar ninguém. E ainda por cima tem meu pai, que, tenho certeza, não permitirá que isso aconteça. Um dia a escravidão vai acabar, tem muita gente pressionando o imperador. Gente daqui e da Europa. Em breve todos serão livres.

— Livres como os alforriados? — Mangaba quis saber.

— Totalmente livres.

Rosa queria conversar sozinha com André e tratou de afastar Mangaba dali, disfarçadamente:

— É, mas enquanto a abolição não chega, vamos tratar de varrer este quintal, que está que é uma sujeira só, seu Mangaba!

— Tô indo! Tô indo!

Mangaba entendeu e deixou André e Rosa falando baixinho para que ninguém os ouvisse.

— Minha avó é uma transgressora, Rosa. Tenho orgulho dela.

— *Trans* o quê?

— Transgressora. É quem foge das regras. Minha avó está fazendo mudanças na fazenda e isso é realmente inovador. E eu sei que tem um dedo seu nessas mudanças. Ou não tem?

— Transgressora… Palavra bonita demais! Acho que também vou ser isso.

— Rosinha, você já é uma transgressora.

André sempre teve orgulho de Rosa. E talvez uma pontinha de inveja. E isso não era demérito dele. Rosa tinha uma inteligência admirável e uma forte determinação para aprender tudo e fazer o melhor possível: a jardinagem, os chás medicinais e, principalmente, a leitura. E, além disso tudo, tinha a generosidade de passar o seu conhecimento adiante, como quem divide o pão com a família. Não tinha medo de aprender, nem de dividir.

No Rio de Janeiro, Rosa tinha o mesmo comportamento de antes. Quando não estava no jardim, ia para a cozinha ajudar Luiza, aprender com a cozinheira novos pratos, novos sabores. Ou então preparava os xaropes que Vô Tonho lhe ensinara. Vô Tonho… não havia um dia em que não pensasse nele e em Aurora. Como sentia falta da mãe!

Rosa também fazia água perfumada para roupas, para isso usava pétalas de rosa ou de jasmim. Aprendeu na fazenda, com Madalena. Ela também sabia preparar licores de frutas: laranja, jabuticaba, jenipapo. Enquanto trabalhava, refletia. Quanto tempo ela ainda viveria como cativa? Aguentaria viver naquela prisão? Ela pensava em seu avô rei. E pensava em sua avó rainha. Rosa tentava encontrar uma maneira de contribuir para que todos os escravizados fossem libertos e, assim, honrar seus ancestrais.

E André? Por que ele não fazia efetivamente nada para mudar aquela situação? Sim, Rosa se revoltava. E encontrou um modo de extravasar seus sentimentos: Rosa escrevia. Escrevia poemas, histórias, pensamentos. Escrevia tudo em folhas de papel que ganhava de madame Hortense. Aquelas folhas de papel eram como pétalas de flores.

13. FLOR DE JABUTICABA

O aniversário de quinze anos das gêmeas estava chegando. Durante os últimos meses, Rosa e Luiza haviam preparado uma grande variedade de doces em compota e licores, que guardavam na despensa. Mangaba ficava de olho naqueles licores. Certa vez ele convenceu André a pegar uma garrafa de licor de jabuticaba para dividirem. André não tinha o mínimo gosto por licores, dizia que era coisa de moças, mas quis fazer a vontade do amigo. Pegou uma garrafa e deu de presente para Mangaba, que a escondeu bem escondida. Esperou uma oportunidade para abri-la e saboreá-la. Só que escolheu a pior oportunidade possível.

Na véspera da festa, o jardim estava belíssimo, a casa, pintada e encerada com capricho pelas mucamas Carminha e Das Dores. A cozinheira Luiza já tinha quase tudo esquematizado, bastava assar o leitão e os frangos. Todos os escravizados, e só eles, trabalhavam sem parar para deixar tudo do jeito que Hortense desejava. Ela mesma ocupava-se separando toalhas de renda, organizando os cristais e a prataria.

Pois foi justamente nesse dia que Mangaba resolveu abrir sua garrafa de licor de jabuticaba! Escondeu-se na casinha de madeira do fundo do quintal, onde guardavam as ferramentas de jardinagem, e tomou um golinho.

— Hum! Coisa boa!

O licor era doce e perfumado. Deu mais outro gole. E mais outro. Por fim, bebeu mais da metade da garrafa do licor de jabuticaba!

De repente, ouviram-se gritos vindos da sala de piano. Hortense, Luiza, Das Dores e Carminha correram para lá. André e o pai não estavam em casa. Rosa, que recolhia pétalas de flores para a festa no jardim, chamou Mangaba, que saiu correndo para ver o que era.

— Tô indo! Tô indo!

Dália e Violeta estavam histéricas em cima de um sofá. Pulavam e gritavam com o rosto cheio de pavor.

— Um rato!

— Um rato!

O camundongo, que estava mais assustado que as meninas, correu, passou por debaixo das pernas de Hortense, que, enojada, subiu em uma cadeira e danou a gritar também. Das Dores e Carminha ficaram atônitas, sem saber se corriam, pulavam ou gritavam. Luiza pegou uma vassoura e correu atrás do bichinho:

— Volta aqui, seu safado!

Rosa gritava por Mangaba, que estava zonzo por causa do licor e dos gritos das mulheres.

— Mangaba, faça alguma coisa!

— Tô indo! Tô indo!

Hortense e as meninas gritavam:

— Socorro! Socorro!

Socorro, a lavadeira, entrou na sala ainda sem saber o que estava acontecendo:

— Chamou, sinhá?

O camundongo desapareceu. André e Eduardo, que voltavam justamente naquela hora, ouviram os gritos desde a rua. Entraram em casa esbaforidos. O que estaria acontecendo?

Tanta gente e ninguém encontrou o dito cujo. Dália chorava de um lado, Violeta chorava de outro.

— E se o rato aparecer durante a festa?

— Será nossa ruína!

Hortense tentava acalmá-las, mas também tinha receio de que o desprezível animal aparecesse na festa sem ser convidado. André, Eduardo, Luiza, todos saíram pela casa procurando debaixo dos móveis, dentro dos armários. Nada.

Mangaba viu uma sombra no chão do corredor e, sem querer, soltou um soluço que assustou o camundongo, que fugiu mais rápido ainda. Por causa dos goles de licor, o rapaz estava vendo tudo em dobro.

— Uai! É um rato ou é dois?

E gritou:

— É dois! É dois!

Aí é que as gêmeas choraram…

Foi então que Rosa percebeu um buraquinho no rodapé da saleta. Pensou que devia ser a casa do camundongo. Viu outro buraco bem pequeno no rodapé da sala de jantar, e mais outro na sala de piano.

— Deve ser uma família inteira.

Teve uma ideia luminosa e chamou Hortense. Disse que, se enchessem os buracos do rodapé de pedacinhos de queijo, evitariam que os animaizinhos saíssem de seu esconderijo em busca de comida na hora da festa. Ao ouvir aquilo, o senhor Eduardo se admirou com a perspicácia da moça e ordenou a todos que entupissem de queijo cada buraquinho que encontrassem.

Assim fizeram.

14. PERFUME DE JASMIM

Durante toda a tarde e a manhã do dia seguinte, os escravizados corriam de um lado para o outro finalizando os preparativos da festa. Rosa tinha inventado um dispositivo, instalado no teto do salão, para que, na hora da valsa, muitas pétalas de flores caíssem sobre os pares, formando uma chuva de cores e perfumes. Para isso, Mangaba e outro rapaz, um de cada lado do salão, deveriam soltar as cordinhas presas à fina rede de tule que sustentava as pétalas. Só que, na hora da festa, Mangaba não pôde dar conta dessa função, pois sentia cólicas terríveis causadas pelo excesso de licor de jabuticaba que havia bebido no dia anterior. Não bastaram os chás de boldo e carqueja que Rosa insistia para que o coitado tomasse. O jeito foi ela mesma, junto com o outro rapaz, cumprir a tarefa. Isso até que foi muito bom, pois Rosa pôde permanecer quase o tempo todo no salão.

Os convidados chegaram antes das sete horas da noite. As moças em seus vestidos rodados e as senhoras, excessivamente perfumadas, abanavam seus leques. Os rapazes e suas cartolas, elegantíssimos, os políticos, os intelectuais e outros ilustres cavalheiros enchiam de palavras e risos as salas da casa.

Havia outro tipo de elegância que não chamava a atenção daqueles privilegiados convidados, mas que eu e você podemos imaginar. Rosa e as outras moças estavam vestidas com as roupas novas que madame Hortense mandara fazer especialmente para aquela noite. O porte elegante das jovens mulheres que serviam a casa não era menos admirável do que o das convidadas. Seus vestidos não eram de seda nem de tafetá, elas não ostentavam joias de ouro nem pedras preciosas, mas Rosa, Carminha, Socorro e Das Dores eram verdadeiramente lindas. Perfumadas com as águas de cheiro que Rosa fabricava, decerto aquelas moças altivas acrescentavam mais beleza à festa de Dália e Violeta.

As aniversariantes estavam radiantes com o sucesso do evento. Durante a valsa, André dançou com Violeta, e o pai com Dália. Rosa, de um lado do salão, fez um sinal para o rapaz que estava do outro lado, puxaram a cordinha bem devagar, a teia de tule se abriu e as pétalas caíram suavemente sobre os pares. Os convidados aplaudiram. Hortense estava contentíssima, aquele baile ficaria para sempre na memória de todos os presentes.

O camundongo? Não, não apareceu.

Alguns dias depois, André voltaria para o colégio. Na despedida, Rosa ofereceu ao amigo um pedaço de papel.

— É uma oração que escrevi pra você, André.

Ele leu:

Que não me faltem a paz e o riso.
Que não me faltem o pão,
a alegria e a canção.
Que não me faltem o amigo e a luz que me ilumina.
Que não me faltem a força dos meus braços,
nem o sonho, nem a esperança.
Que todos os seres sejam felizes
para todo o sempre.
Amém!

— Rosa, você é uma poetisa!

Rosa sorriu. Depois André disse baixinho, para ninguém mais ouvir:

— Plante camélias!

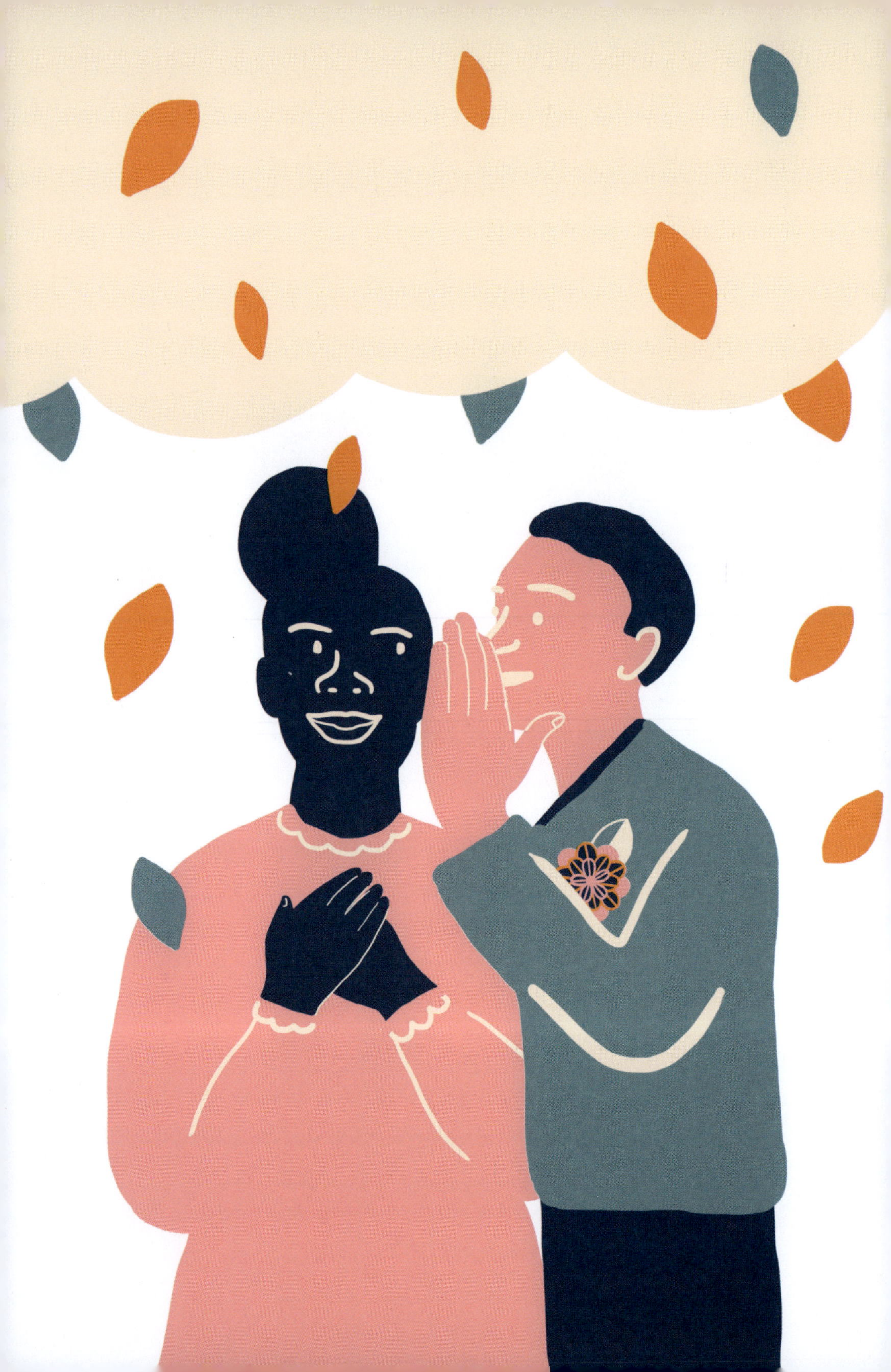

15. AS CAMÉLIAS

Mesmo nos meses seguintes, a sugestão de André não saía da cabeça de Rosa: "Plante camélias!". Não sabia que o amigo gostava tanto de flores.

Então, em uma manhã, ela ouviu:

— Psiu! Rosa! Vem cá, depressa!

Atrás de uma árvore do quintal, perto do depósito de ferramentas, Mangaba acenava para ela com insistência. Quando se aproximou do casebre de madeira, Rosa teve uma surpresa: Mangaba tinha escondido um visitante inesperado. Mal pôde reconhecê-lo. Coberto de poeira, cheio de arranhões e ferimentos, um rapaz estava deitado no chão. Era Pedro, seu amigo de infância, que tinha fugido da fazenda.

— Pedro?! O que faz aqui? Está ferido?

Se o senhor os visse, seria o fim. Pedro seria preso, e Mangaba iria ganhar uma surra daquelas. Rosa tinha que ajudar. Não houve tempo para conversar, Pedro tinha fome e sede, além de estar muito ferido. O dia mal tinha amanhecido. Sorrateiramente, Rosa foi à cozinha e preparou um chá, guardou umas frutas e um pedaço de pão na barra do avental e voltou ao casebre sem ser vista. Ao menos ela achava que ninguém a tinha visto. Limpou os arranhões e cuidou do ferimento da perna de Pedro, fez um curativo com ervas e amarrou um pano limpo. O rapaz estava faminto e devorou o lanche com sofreguidão.

— Mangaba, volta pro trabalho depressa, que é pra ninguém desconfiar. Vou cuidar dele.

— Tô indo! Tô indo!

Pedro agradeceu e explicou que tinha fugido e que precisava encontrar André, pois ele saberia como ajudá-lo. Não tinha para onde ir, então veio caminhando mata adentro durante dias. Machucou-se durante o trajeto e sua perna doía demais.

— Sinhozinho André me disse uma vez que tem um quilombo aqui perto, e que lá os fugidos vivem como guerreiros, se preparando pra lutar contra a escravidão. Eu quero ser guerreiro, Rosa.

— Não entendo, Pedro. Dona Sofia não tinha mudado as coisas na fazenda e tudo está diferente?

— É verdade. Tudo está diferente, mas não o suficiente. Eu fugi por motivo de liberdade. Eu quero ser livre. O que dona Sofia está fazendo não basta. Não quero passar a vida inteira nessa condição. Eu quero ser livre e lutar pra todo mundo ser livre também. Você não entende? Eu sempre quis ser um guerreiro, Rosa. E guerreiros lutam. E a nossa causa é urgente.

Rosa entendeu perfeitamente. Ficou comovida com a coragem do amigo. Também quis fazer o mesmo. Não lhe faltava coragem, mas sentia um aperto no coração quando pensava em tudo o que deixaria para trás: o amigo André e a possibilidade de voltar para a fazenda e viver com Aurora, Vô Tonho e todos os outros.

— Além do mais, não tem mais lugar pra mim na Miraflores. Margarida tá noiva de outro. Ela se apaixonou, Rosa, ela me trocou por outro. E vai casar na capela e tudo. Iaiá vai até ser madrinha.

Os olhos de Pedro se encheram de lágrimas. Disse que sua mãe, Madalena, o encorajara a fugir e a procurar por Rosa e André. Mas Madalena não sabia que André morava no colégio, em Petrópolis.

— Onde está André? Cadê ele? Ele vai ajudar, eu sei que vai.

— Claro que vai, Pedro, mas agora isso é impossível. André está em Petrópolis, e não é tão perto. E esta sua perna está inflamada. Você está com febre, Pedro. Preciso cuidar disso. Toma, bebe este chá enquanto está quente.

— André é abolicionista, Rosa, ele me disse uma vez que quando crescesse ia ser abolicionista.

O que Pedro dizia era verdade, todavia ele estava ardendo em febre, não iria aguentar outra caminhada. Realmente, naquele tempo, Petrópolis ficava longe, seria loucura subir a serra a pé, ainda mais naquelas condições. Mais tarde, Mangaba trouxe algumas roupas e cobertores, Rosa trouxe comida e mais remédios, aqueles remédios milagrosos que aprendera com Vô Tonho.

— Eu vou ficar bom de novo, Rosa? Você vai me curar, não vai? Quero ir pro quilombo. Quero ser guerreiro.

Quilombo... Rosa já tinha ouvido falar que algumas pessoas escravizadas fugiam para comunidades escondidas no meio da mata e que levavam uma vida semelhante à de seus antepassados. Sabia que aquelas pessoas eram transgressoras e que, se seus senhores as resgatassem, seriam castigadas violentamente. Certa vez, em uma de suas andanças pelas ruas próximas à praia, Rosa conhecera um homem que vendia flores perto da igreja. Chamava-se Eugênio. Devia ter mais de vinte anos, era alto e forte e, como ela, tinha gosto pelas flores. Já tinha sido alforriado e morava em um quilombo não muito distante dali. Dele ouvira histórias de fuga e valentia. Histórias verdadeiras que enchiam o coração de Rosa de orgulho.

Quando Rosa acolheu Pedro, pensou imediatamente em Eugênio, ele poderia ajudar. Achou que, se ele levasse o rapaz para o quilombo, tudo estaria resolvido. Mas antes era preciso curá-lo e tirá-lo da casa dos Pereira sem que ninguém os visse. E isso era o mais difícil.

Três dias se passaram e Pedro estava se recuperando. Rosa trazia comida e os medicamentos caseiros que ela mesma preparava. Mangaba ajudava, disfarçando, varrendo insistentemente o quintal e assobiando quando alguém se aproximava.

Luiza, a cozinheira, reparou que Rosa estava escondendo alguma coisa.

— Que tanto de remédio é esse que você prepara, menina?

Rosa disfarçou, disse que estava com cólicas. Mas Luiza desconfiou, sabia que a moça estava agindo de forma diferente, bem mais agitada do que de costume. Luiza era uma mulher madura, experiente, já tinha reparado na movimentação de Rosa e Mangaba no quintal. Ao anoitecer, flagrou Mangaba entrando no casebre. Foi até lá e viu com os próprios olhos.

— Deus do céu, o que é que tá acontecendo aqui?!

Mangaba ficou muito nervoso, gaguejou e implorou a Luiza que não contasse nada a ninguém. Luiza conhecia Pedro muito bem, desde que ele nascera lá na fazenda.

— E você acha que eu vou entregar este menino que ajudei a pôr no mundo?

Luiza, além de cozinheira, era parteira, auxiliava as mulheres da senzala a terem seus filhos. Na manhã seguinte, disse a Rosa que sabia de tudo e que estava pronta para ajudar.

— Não sei como, menina, mas eu vou ajudar.

— A senhora promete que ajuda? Precisamos tirar o Pedro daqui o quanto antes, ele já está se recuperando e, se descobrem, estamos todos fritos! A senhora ajuda a gente?

— E você acha que eu vou negar ajuda a um irmão?

Não podiam esperar que André voltasse do colégio para visitar a família, esconder Pedro ali por tanto tempo seria muito arriscado. Tinham de agir o mais rápido possível. Ninguém mais poderia saber.

Naquele domingo, Rosa se preparou para acompanhar a família à missa. Ela estava agitada, Das Dores e Carminha perceberam que alguma coisa estava acontecendo. Rosa saiu pelos fundos da casa, como de costume, e seguiu para a igreja com seu porte de princesa. Daquela vez, ao voltar para a casa, não caminhou pela rua que a levaria à praia, não veria o mar, como sempre fazia, iria procurar Eugênio. Porém, no meio do caminho, encontrou aquela mulher estranha. A mulher tentou assustá-la outra vez:

— Buuu!!!

Mas Rosa apenas sorriu, demonstrando não ter medo dela. Então, a mulher gritou:

— Plante camélias! Plante camélias!

Rosa tremeu. Como aquela mulher poderia ter dito a mesma coisa que André? O que havia de misterioso naquelas flores? Apertou o passo e seguiu pelo calçamento de pedras, sempre descalça. Avistou Eugênio numa esquina, correu até ele e contou o que estava acontecendo.

— Posso ajudar, sim, Rosa, mas você sabe que é muito arriscado, não sabe? Vocês podem ser pegos e não sei o que o senhor Pereira é capaz de fazer com você quando descobrir. Esse rapaz, o Pedro, já está curado?

— Sim, a febre passou e ele está bem alimentado. Os machucados estão cicatrizando.

— Vamos fazer o seguinte: amanhã, ao meio-dia em ponto, alguém vai passar na frente da sua casa pra dizer o que você deve fazer. Você tem que estar no jardim nessa mesma hora, ao meio-dia em ponto, não se atrase. Preste atenção: essa pessoa vai lhe entregar uma flor como esta aqui.

Eugênio tirou um galho de camélias da cesta e explicou:

— Gosta? Vou lhe dar uma muda. Tome. Essas flores são muito delicadas. Elas representam a nossa luta. Se você encontrar um homem com uma camélia na lapela do paletó, ou, então, uma mulher com uma camélia presa no cabelo, pode ter certeza que essa pessoa é abolicionista.

Eugênio explicou como se plantava aquela muda. Era preciso ter muito cuidado e habilidade para cultivá-la, e isso Rosa tinha de sobra, herança de seus ancestrais.

— Camélia é flor que dá em árvore, sabe? Cresce que só vendo. Agora vai e espera a pessoa que vai lhe procurar amanhã ao meio-dia.

— Sim, ao meio-dia em ponto.

Mesmo com os olhos impregnados de tensão e nervosismo, Rosa não pôde deixar de reparar no sorriso de Eugênio. Um homem forte como ele, que mais parecia um guerreiro, tinha um sorriso meigo, quase infantil. Sentiu como se o conhecesse desde sempre.

16. FLOR DA MEIA-NOITE

Naquele mesmo domingo à tarde, Rosa plantou as camélias. Escolheu o lugar ideal, exatamente como Eugênio ensinara: muita água e pouco sol.

Quem seria o mensageiro que apareceria no dia seguinte ao meio-dia? Luiza, Pedro, Mangaba e Rosa estavam ansiosos. Luiza salgou demais o feijão e teve que cozinhar batatas no caldo, tamanho o nervosismo. Isso nunca tinha acontecido antes. Mangaba, quando ficava nervoso, gaguejava. Estava gago havia dias. Das Dores e Carminha cochichavam que alguma coisa errada estava acontecendo.

Durante toda a manhã de segunda-feira, Rosa ficou agachada mexendo na terra dos canteiros do jardim aguardando a mensagem. Os nervos à flor da pele. Foi então que, ao meio-dia em ponto, pela terceira vez Rosa encontrou a mulher que fazia "buuu!!!". Sim, aquela mulher que tinha um aspecto grotesco e que ficava pelas ruas enrolada num pano era a mesma pessoa enviada por Eugênio.

— Psiu! Psiu, minha flor! Flor, vem cá!

Agarrada às barras da cerca de ferro da frente da casa, a mulher chamava Rosa. A menina se aproximou admirada. Encontrar aquela mulher naquela missão era difícil de acreditar.

— Hoje, à meia-noite, Eugênio vai esperar o seu amigo na escadaria da igreja. Cuidado, ninguém pode seguir vocês, ninguém pode saber como se chega lá.

A mulher disse isso e lhe entregou uma camélia. Rosa agarrou a flor quase em estado de choque.

— O-obrigada! A senhora também mora no...

A mulher não deixou que Rosa completasse a frase e fez sinal para que se calasse. Depois saiu dançando pela calçada, os braços abertos, como se fosse alçar voo.

— Buuu!!!

Que dias aqueles! Rosa compartilhou o plano com os amigos. Ela controlaria as horas pelo relógio da biblioteca, avisaria Luiza às onze e meia da noite e sairia para a rua. Não era uma missão fácil, pois, se o portão estivesse trancado, ela teria de escalar as grades da frente da casa. Enquanto isso, através da janela da cozinha, que dava para o quintal, Luiza faria sinal com um candeeiro aceso. Então, Mangaba e Pedro pulariam o muro dos fundos do terreno e encontrariam Rosa, que já deveria estar na rua detrás da casa. Seguiriam os três até a igreja e encontrariam Eugênio. Depois, Rosa e Mangaba voltariam para casa.

Aconteceu exatamente como planejaram. Exceto que Rosa sentia como se alguém a observasse o tempo todo. Mas quem? Isso só o tempo diria.

O portão da frente da casa estava realmente trancado, ela precisou escalar as grades e saltar. Era ágil e ligeira. Lembrou-se das gaiolas de Mangaba na fazenda e de como era bom ver as aves alçando voo para a liberdade. Depois de saltar, rapidamente ganhou a rua e se dirigiu ao local onde já a esperavam Mangaba e Pedro. Correram para o ponto de encontro. Em frente à igreja, despediram-se do amigo Pedro, que tanto sonhara com o dia em que seria livre. Sonho de toda uma vida. Pedro agora era ave solta.

Mangaba estava emocionadíssimo e chorava feito um bebê. Rosa agradeceu muito e Eugênio convidou:

— Por que vocês não vêm também?

— Eu não sei. E se eles pegam a gente?

Mangaba era medroso mesmo.

— É o risco que se corre. Estou falando em liberdade. Liberdade e luta — reforçou Eugênio.

— É, mas se depois o sinhô me pega, não vai é sobrar nadica de nada de mim.

Eugênio compreendeu o silêncio de Rosa, mas tinha pressa, não quis insistir, tinham que fugir antes de o dia nascer. Entregou-lhe um papel envelhecido e amassado.

— Tome, Rosa, é o mapa pra chegar à Chácara das Camélias. Se um dia se decidir, será bem-vinda. Precisamos de mais pessoas com coragem — disse e sorriu o sorriso de menino que Rosa já conhecia.

Rosa pensou que ainda não estava pronta, não poderia partir sem se despedir de André. Estava ligada a ele e a todo o passado. Ainda alimentava a esperança de voltar para Miraflores, voltar para Aurora e para a sua história. Porém, Rosa sabia que no momento certo se jogaria no mundo, totalmente livre. Aquele mapa que Eugênio lhe dera era uma semente. Ela não negou o convite, mas pensou que plantaria aquela semente no solo fértil de seus pensamentos. O momento certo brotaria.

17. O JARDIM SECRETO

Para cultivar camélias, é preciso ter paciência. É preciso cuidar, regar, adubar, podar e esperar os botões se abrirem. Rosa tinha a mão boa para flores, isso significa que, além de habilidade, tinha paciência. Não sei quanto tempo levou para que a muda que Eugênio lhe dera vingasse e florescesse. Também não sei precisar quanto tempo custou para que o arbusto pudesse ser visto pelas pessoas que passavam pela calçada. Uma estação? Duas? Não sei, mas esse dia chegou.

Hortense há muito vinha observando a mudança no comportamento de Rosa. Estava mais calada, mais alta, mais bonita, enfim, mais madura. Reparou no canteiro de camélias, sabia muito bem o que aquelas flores simbolizavam. Tinha sido Hortense quem, da janela de seu quarto, vira a movimentação daquela noite em que Pedro foi levado ao quilombo. Não sabia os detalhes, mas viu Rosa escalar as grades do muro do jardim e depois retornar com Mangaba. Não fez nada, não perguntou, não repreendeu, não disse nenhuma palavra, porém compreendeu que em sua bela casa havia uma célula do movimento que clamava por liberdade.

Hortense evitava conversar com o marido sobre o assunto. Sabia que Eduardo, cuja família enriquecera à custa do trabalho braçal de muitos africanos escravizados, era totalmente contrário à abolição; mas ela, madame Hortense Chevalier Pereira, era abolicionista. Achava aquela condição absurda e desumana e tinha o firme propósito de fazer o marido mudar de ideia, mesmo que isso demorasse um tempo. Tentava convencê-lo com argumentos espirituais, pois sabia que ele, assim como toda a sua família, era muito religioso. A escravidão favorecia os ricos, uma vez que seus negócios eram pautados na exploração, no trabalho brutal e gratuito dos escravizados. Os ricos frequentavam as igrejas aos domingos, as mulheres organizavam novenas durante a semana e, mesmo falando em compaixão e empatia para com os pobres, mantinham a estrutura econômica escravagista da sociedade brasileira.

Exatamente como quem cultiva camélias, Hortense também precisava ser paciente. Sem que o marido soubesse, frequentava reuniões clandestinas e escrevia artigos acalorados para os jornais que aderiam à causa. Nesses artigos, usava o pseudônimo de Manuel Eustáquio. Se os assinasse com o próprio nome, além de desagradar o marido, não seria levada a sério, pois, diferentemente de hoje, as mulheres não tinham voz. Hortense também se envolveu na defesa dos direitos das mulheres. Alguns anos antes do casamento, ela fora uma das fundadoras do Movimento dos Direitos da Mulher. Isso faz tanto tempo, e até hoje as mulheres ainda buscam respeito e igualdade.

O jardim da casa podia ser apreciado por quem passasse por ali, era o mais imponente daquela rua. Com o tempo, à medida que as camélias floresciam, os passantes que simpatizavam com a causa abolicionista paravam para admirá-las. Alguns tiravam o chapéu cumprimentando Rosa, que nunca descuidava de seus canteiros.

Acontece que, quando o senhor Eduardo percebeu o arbusto de camélias no jardim da própria casa, ficou furioso. Passava todos os dias por ali e nunca havia reparado nele. Ele conhecia perfeitamente o significado daquelas flores. Não aceitava a abolição porque entendia que isso levaria à falência parte de seus negócios, assim como os de muitas famílias abastadas como a sua. A fazenda do pai, o escritório de exportação e alguns de seus imóveis estavam fadados a sucumbir diante da crise econômica que a abolição provocaria. Gritou por Hortense e chamou todos à sala, queria saber quem era o responsável por aquela afronta. Entraram na sala Luiza, Joana, Horácio, Socorro, Das Dores, Carminha, Rosa e Mangaba. Também estavam ali Hortense e as gêmeas.

O dono da casa estava vermelho de ódio e exigiu que quem tivesse plantado as camélias se apresentasse. Sem pestanejar, Rosa deu um passo à frente.

— Quem plantou fui eu, sinhô. A culpa é toda minha.

Furiosamente o dono da casa ergueu a mão direita para lhe dar uma bofetada, que era assim que muita gente fazia. Mas Hortense foi mais rápida, segurou o braço do marido e evitou o castigo.

— Não se altere, *Édouard*!

— Papai, não! — gritaram as gêmeas.

Aquela situação era humilhante. Tanto para a moça quanto para Eduardo, pois Hortense o afrontara na frente de todos, impedindo que ele batesse em Rosa. Em toda a sua vida, Rosa nunca tinha passado por nada semelhante. Eduardo olhou com ódio para a mulher e, por um instante, não a reconheceu. Como é que Hortense, a sua *poupée*, a sua boneca, se atrevera a desacatá-lo daquela maneira?

Rosa abaixou a cabeça profundamente ofendida. E, para recobrar a autoridade, Eduardo ordenou:

— Arranque-as imediatamente! Não quero ver nenhum botão de camélia nesta casa! Onde já se viu?

As meninas imploraram para que o pai se acalmasse, mas Eduardo, muito irritado, gritou para os demais:

— E vocês, voltem ao trabalho! Depressa! Não quero ouvir nenhum pio.

Eduardo esbravejou tanto que acharam que ele estivesse passando mal. Cada um voltou para seus afazeres em silêncio. Mangaba, como sempre, foi solidário:

— Vai pro seu quarto, Rosinha. Deixa que eu dou conta de arrancar as camélias.

Rosa aceitou e subiu para o sótão. Ela não tinha nada. Nem aquele sótão escuro era seu. Atirou-se no colchão de palha e chorou baixinho. Mais uma vez pensou em sua condição. Na verdade, só pensava nisso. Aquela humilhação pela qual tinha acabado de passar atingia os outros escravizados da casa e todos os que viviam a mesma situação.

Ouviu a discussão vinda da sala. Eduardo vociferava, e Hortense tentava acalmá-lo, em vão. Pela primeira vez, Eduardo brigou com Hortense. E não teve pudores, discutiram em português, diante das meninas. Dália e Violeta apenas choravam.

Luiza aproveitou aquele momento de tensão e subiu as escadas do sótão depressa. Quis ver Rosa. Enxugou suas lágrimas. Contou que sabia de um lugar escondido na mata onde se vivia em liberdade. Lá plantavam camélias. Um jardim secreto. Não era muito longe dali, menos de um dia de caminhada.

— Você sabe da Chácara das Camélias, Luiza?

Rosa estava surpresa com aquela revelação.

— Todo mundo sabe, Rosa. Até madame sabe. Acho até que ela manda dinheiro pra lá, ouvi umas conversas. Mas sinhozinho Eduardo não pode saber de jeito nenhum. E ainda mais que o dinheiro é dele!

— O dinheiro é dele, mas o trabalho é nosso.

— Lá isso é verdade. Escuta, fia, você não acha que tá na hora de ir embora daqui? Pensa bem, ele vai te perseguir e te rebaixar, te humilhar, te ofender o quanto puder. Eu tô sabendo que Pedro foi pro quilombo. Está na sua hora, Rosa. Por que você não vai também?

— Eu não sei se posso fazer isso, Luiza. Fico pensando em minha mãe. Se eu for, quando poderei ver Aurora? Penso em todos aqui. Penso em você, Luiza. Se eu for, você vem comigo?

— Você tem a vida toda pela frente, eu não. Vou ficar aqui trabalhando e esperando você mandar me buscar quando a liberdade chegar.

Rosa não queria deixar Luiza. Nem Mangaba. Nem os demais. Eles eram um elo com o seu passado. Eram irmãos.

— Não vou aguentar a caminhada, não, Rosa. Já tô velha. Arrume suas coisas, vá embora esta noite mesmo, não perca tempo, nós daremos cobertura. E não esqueça seu xale, à noite faz frio à beira-mar.

Rosa enxugou as lágrimas.

— Mas e André?

Temia a ideia de nunca mais vê-lo. Luiza prometeu que faria com que André soubesse de seu paradeiro.

— Vou preparar um lanche pra você levar. Agora eu vou descer e fazer a janta.

Todos permaneceram em silêncio durante o jantar. A noite chegou e uma lua crescente surgiu no céu. Eduardo ficou tão aborrecido com o assunto das camélias que saiu logo após a refeição sem trocar nenhuma palavra. Hortense deixou Dália e Violeta na sala do piano, entrou na cozinha, passou pela despensa e subiu a escada de madeira que levava ao sótão. Na cozinha, Mangaba e Luiza se entreolharam com preocupação.

— Rosa, você não merecia passar por isso — disse Hortense. — Eu peço perdão pelos excessos de meu marido.

Hortense sabia da existência da Chácara das Camélias e tinha percebido a movimentação em sua casa nos últimos tempos.

— Essas camélias vieram do quilombo, não foi?

Hortense continuou:

— Em breve haverá uma lei que irá libertá-los. Tenho informações por fontes seguras. A pressão política para que a princesa Isabel assine a abolição é muito forte. Até o Conde d'Eu, marido dela, é a favor da causa. Por favor, nos perdoe.

Aquele pedido de perdão era sincero e não se referia apenas aos acontecimentos daquela noite. Tinha a ver com todo o regime de violência a que os africanos e seus descendentes foram submetidos no Brasil por mais de três séculos. Rosa manteve-se de pé, calada, altiva. Madame Hortense nunca tinha subido ao sótão. Tenho certeza de que, anteriormente, dona Francisca também não fez isso. Hortense se despediu e desceu as escadas.

Rosa separou suas coisinhas. Estava decidida.

"André que me procure. André que faça alguma coisa para mudar essa situação. Ele não se diz abolicionista? Então que faça sua parte. Aqui não fico mais, não", pensava enquanto arrumava sua trouxa.

Não esqueceu seus escritos, os papéis e os cotocos de lápis. E a boneca de pano. Desceu as escadas do sótão. Na cozinha, Luiza estava lavando a louça do jantar. Carminha, Das Dores e Socorro estavam ali, esperando por ela para se despedir. Mangaba entregou à Rosa um embrulho malfeito de papel amassado.

— O caminho é longo, você vai precisar deles.

Eram sapatos. Não eram novos, mas serviam. Rosa sentou em um banco e calçou os sapatos com as solas de couro já bastante gastas. Era a primeira vez que se calçava. Lembrou-se da história da Gata Borralheira, a menina que dormia no borralho e que era obrigada a trabalhar noite e dia. Não perguntou de onde vieram, a única coisa que importava é que serviriam para ela ir embora. Só os libertos calçavam sapatos. Se alguém a abordasse, os sapatos indicariam que era livre. Rosa se sentia livre.

Foi assim que, naquela mesma noite, Rosa partiu. Na cozinha, Luiza embrulhou algumas frutas, pão, bolo de fubá e queijo, deu-lhe um beijo na testa e disse:

— Nunca se esqueça de quem você é. Seu nome é Rosa Valente. Você é neta de rei.

E Mangaba, chorando feito um bebê, só conseguiu dizer:

— Adeus, princesa.

As gêmeas perceberam o que estava acontecendo, mas não disseram nada, apenas acenaram quando Rosa passou pela sala e abriu a porta. Daquela vez, não precisou pular o muro e sair sorrateiramente como uma criminosa. Daquela vez saiu pela porta da frente, cabeça erguida e porte de princesa.

18. ROSA DOS VENTOS

A pouca luz daquela fatia de lua não foi suficiente para que Rosa decifrasse o mapa que Eugênio lhe dera meses atrás. Aproximou-se de um lampião de rua que ainda estava aceso e estudou o desenho. Viu que, no canto da página, havia uma rosa dos ventos. Ela conhecia a rosa dos ventos, já tinha visto em um livro na fazenda. Entendeu qual rumo deveria seguir. Sabia que teria de andar a noite toda, mas não teve medo. Durante o trajeto, repetiu para si mesma diversas vezes:

— Meu nome é Rosa Valente e eu não tenho medo de nada.

Caminhando apressadamente pelas ruas, ela podia sentir o tambor do seu coração enquanto ouvia o toque compassado da sola dos sapatos a bater no chão de pedras. Um ritmo agitado, mas cheio de esperança. Alcançou a praia. Deveria seguir margeando a costa, levaria horas e mais horas, a madrugada inteira, mas não se importou. Guardou os sapatos na trouxa de pano que levava atravessada ao peito, queria sentir a areia úmida agarrar-se a seus pés.

As histórias que ouvira na infância a perseguiam durante todo o trajeto. Lembrou-se do monstro que engolia florestas e montanhas e que bebia um rio inteiro de uma só vez. E de Maria Gomes, a moça que se vestia de homem para encontrar seu destino. Histórias que Vô Tonho contava. Histórias de medo e de coragem.

Rosa tinha que ser valente.

Exausta, depois de horas, sentou-se para descansar e comer um pouco. Sentiu frio. A aurora estava a caminho. Aurora. Pensava em sua mãe todos os dias e tentava imaginar como ela estaria. Sentia saudades. Todos os dias. Desde que chegou ao Rio de Janeiro, recebia notícias da mãe pelas cartas que dona Sofia escrevia e que levavam tempos para chegar. Será que se encontrariam outra vez? Buscou na trouxa a boneca de pano que sua avó fizera e se agarrou a ela. Já não era mais aquela menina que corria pela fazenda e que desejava entrar na casa-grande para brincar com as bonecas de porcelana das filhas dos senhores. Rosa era quase uma mulher desabrochando para a vida.

Sentiu saudades da Miraflores e dos amigos. Queria ver as crianças, as sementes que plantara. Pensou em André. Voltariam a se encontrar algum dia? Impossível ter certeza. Agora estava por sua conta, inteiramente sozinha.

Os primeiros raios de sol iluminaram seu coração: uma nova vida estava a caminho. A claridade lhe trouxe a imagem dos dois montes desenhados no mapa, agora podia vê-los com nitidez. Rosa sorriu aliviada, com uma sensação de estar chegando em casa.

— O morro Dois Irmãos! Estou chegando, a chácara é por ali!

Caminhando pela beira da praia, sentia a água gelada molhar seus pés. A temperatura da água do mar aliviava o desconforto das bolhas que ganhara ao usar os sapatos. Não estava acostumada, eles apertavam, mais do que isso, aprisionavam seus pés. Apreciou o horizonte e, mais uma vez, imaginou o que haveria depois do azul. Pensou nas terras estrangeiras de onde vieram seus antepassados e se lembrou do poema que lera em um livro na fazenda:

'Stamos em pleno mar... Dois infinitos
Ali se estreitam num abraço insano,
Azuis, dourados, plácidos, sublimes...
Qual dos dous é o céu? Qual o oceano?...[1]

Começava talvez a parte mais difícil do trajeto. Encontrou uma trilha escondida no meio da mata, na encosta do morro, respirou fundo e seguiu. Imaginou o quanto Pedro teria sofrido ao fugir da Miraflores, já que tinha viajado por dias e dias!

A mata fechada parecia intransponível para qualquer um, mas, à medida que Rosa adentrava, os caminhos se abriam, os espinhos viravam flores, os galhos se movimentavam como portões se abrindo. Rosa se sentia acolhida pela Mata Atlântica. Ao chegar, parecia que já esperavam por ela. A primeira pessoa que viu foi a mulher que fazia "buuu!!!". Estava de sentinela aguardando Rosa, como se soubesse que ela viria.

Assim que a viu, a mulher falou mais uma vez:

— Plante camélias! Plante camélias! — E gargalhou.

O lugar parecia o paraíso. Homens e mulheres de todas as idades transitavam livremente por ali, trabalhando com alegria e se alimentando com fartura. As crianças brincavam e exploravam o mundo, não eram obrigadas a trabalhar. E a natureza, rica e exuberante, a abraçar aquela comunidade.

As terras do quilombo pertenciam a José de Seixas Magalhães, um comerciante português muito rico que era abolicionista e criara a chácara para esconder os escravizados que fugiam do cativeiro. Anos antes, Seixas havia comprado as terras do francês Charles Le Blond.

---

1 ALVES, Castro. *O navio negreiro.*

Na Chácara das Camélias, ou Chácara do Leblon, como ficou conhecida anos mais tarde, aconteciam reuniões do movimento antiescravagista. Aquele sítio era um centro de resistência frequentado por pessoas com grande influência política. Ali se cultivavam camélias, a flor estrangeira e misteriosa que tanto enfurecia o senhor Eduardo Pereira. Era dali, daquele quilombo, que saíam as flores que os abolicionistas gostavam de usar. Os homens costumavam colocar uma camélia na lapela do paletó, e as mulheres adornavam os cabelos com a flor ou, então, a prendiam no decote do vestido. Eram de lá, da Chácara das Camélias, as flores que adornavam o palácio da princesa Isabel, o atual Palácio Guanabara. Essas flores, as camélias, tornaram-se o símbolo do abolicionismo.

Rosa imaginou que a terra de seus avós seria assim, repleta de flores. Eugênio e Pedro vieram recebê-la e lhe mostraram tudo: as casas, o plantio das flores, a horta, o pomar. Era naquele pedacinho de céu, de onde se avistava a imensidão do mar, que Rosa queria morar.

Então, ficou por lá. Fazia exatamente tudo o que nascera para fazer: jardinava, fabricava remédios, ensinava tudo o que aprendera. Costumava divertir as crianças contando as histórias que ouvira na infância. Costurava travesseiros de macela, umas florezinhas cheirosas e de efeito calmante que ajudam a dormir. Também continuou a escrever seus poemas. Ficava quieta por horas a fio procurando palavras. Aquelas palavras eram o seu jardim secreto.

19. ROSA VALENTE

E a roda do tempo girou mais que depressa enquanto Rosa experimentava a felicidade. A saudade que sentia de Aurora e de André era imensa, mesmo assim, com o passar do tempo, ela foi percebendo que sua vida tinha um propósito maior. O dia a dia com as pessoas do quilombo preenchia de alegria e de esperança o seu coração. Passou a escrever com mais frequência, e seus poemas revelavam sua sensibilidade. Uma vez Eugênio pediu para lê-los. Ela não relutou. O rapaz apreciou de tal maneira as palavras de Rosa, que a encorajou a mostrá-las aos demais.

José de Seixas, como disse, era muito rico e, junto aos companheiros de luta antiescravagista, comprava a alforria dos escravizados que fugiam para suas terras. Ali ele organizava reuniões e festas. Muita gente comparecia a esses saraus: estudantes, jornalistas, políticos. O engenheiro André Rebouças frequentava assiduamente essas reuniões, como também o escritor Joaquim Nabuco. Eram saraus com música, dança e poesia. Incentivada por Eugênio, Rosa passou a declamar seus poemas, que falavam de liberdade, saudade e esperança.

Certa vez, para surpresa de Rosa, em um desses saraus, André apareceu. Chegou acompanhado de seus amigos, todos estudantes de Direito. Homens livres, eles não precisaram se esconder na escuridão da madrugada, nem caminhar durante muitas horas para chegar à chácara. Havia um bonde puxado por burros que os deixara no largo das Três Vendas, na freguesia da Gávea. Dali, andaram até o largo da Memória e subiram a rua do Sapé até a chácara do Seixas. Alegres, divertidos, chegaram rindo alto justamente no momento em que Rosa apresentava um de seus poemas. Alguém fez sinal para que eles fizessem silêncio. Quando viu a amiga, André achou que estava sonhando. Esperou que ela terminasse e que todos a aplaudissem e se aproximou.

Foi um reencontro muito bonito.

— André!

— Rosa! É inacreditável! Como foi que você veio parar aqui? Quando chegou?

Estavam emocionados. André não parava de fazer perguntas. Rosa tentava responder, mas a emoção e a alegria do reencontro a impediam. Ela apenas sorria e chorava comovida. Porém, naquele ponto, foram interrompidos por Eugênio, acompanhado de um senhor que queria muito conhecê-la. Era um escritor renomado, dono de um jornal de grande circulação na cidade.

— Estou encantado com seu poema! — disse o senhor.

E iniciaram uma conversa sem fim. André não teve como continuar a falar com Rosa e a perguntar coisas da vida dela. Ele se afastou e fez sinal para que ela continuasse a conversa com o escritor, o que resultou numa proposta muito boa para ela. O homem queria publicar o poema de Rosa em seu jornal. Mais uma vez Eugênio a incentivou. Ela foi até a casa, apanhou papel e pena e escreveu uma cópia das palavras que sabia de cor. Voltou até onde estavam seu amigo Eugênio e o senhor.

— Esplêndido, senhorita! Seu poema é muito bom. Como quer assinar para que eu o publique no *Jornal da Tarde*?

— Rosa Valente — ela respondeu.

— Não vai usar um pseudônimo?

— Não, senhor. Meu nome é Rosa Valente. É assim que eu escrevo e é assim que eu quero que me conheçam.

Perto dali, André ouvia tudo. Sorriu. Tinha um grande orgulho daquela menina transgressora que corria com ele na Miraflores. Eugênio também sorriu aquele sorriso de menino que Rosa conhecia.

Pedro avistou André e foi outra grande alegria! Ele contou ao amigo como tinha escapado da Miraflores. Relatou a ajuda que recebera de Rosa, Luiza e Mangaba. Contou também que Rosa tinha saído da casa dos Pereira pela porta da frente e que, como ele, estava muito feliz ali. Na chácara do Seixas, eles encontraram um lar. André já sabia da fuga de Pedro, mas não tinha conhecimento do destino de Rosa, não ia à casa da família havia tempos. Morava em São Paulo, onde estudava para se formar advogado.

— Sabe, Pedro, evito encontrar meu pai. Sempre acabamos por discutir. Temos ideias muito diferentes, ele é um conservador. O que é certo pra ele não é certo pra mim.

Pedro contou que era dali que saíam as camélias que se espalhavam pela cidade.

— As camélias são o símbolo de nossa luta.

Pouco tempo depois, Rosa e André tiveram a oportunidade de conversar. E foram muitas palavras. As festas no quilombo varavam a madrugada e muitas vezes o dia nascia e a alegria continuava. Quando o sol apareceu e encheu de cores aquele lugar, André se despediu prometendo voltar.

— Estou feliz, Rosa.

— Eu também, André.

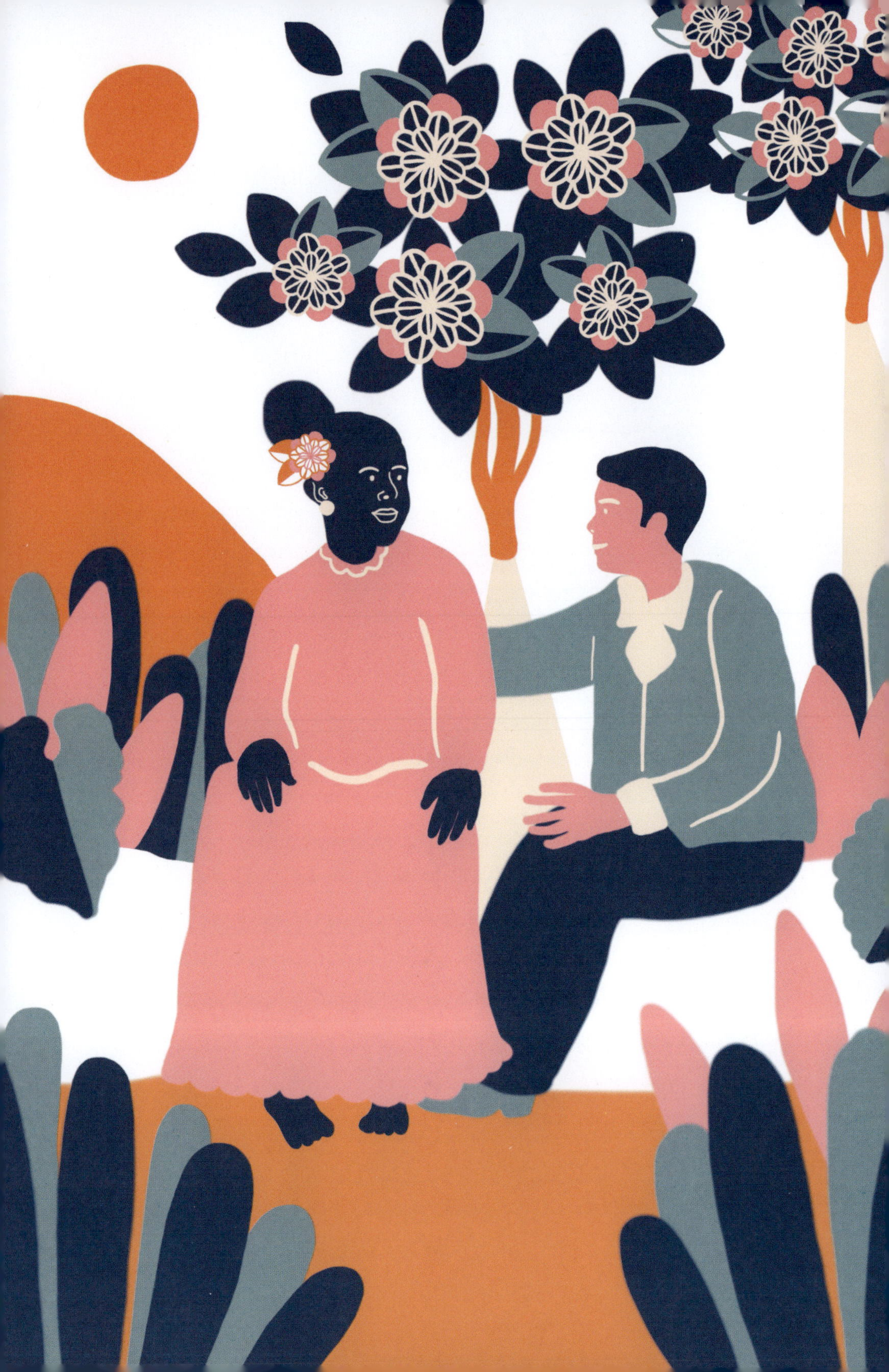

20. À FLOR DA PELE

Muito tempo se passou até que se encontrassem de novo. Acho que mais de um ano. Nada de André aparecer. Até que, numa tarde de maio, alguém trouxe a esperada notícia.

— Ela assinou! A princesa Isabel assinou a Lei Áurea!

Aquela assinatura já era esperada havia muito tempo e foi fruto da intensa luta de africanos e afro-brasileiros pela liberdade. Apoiada pelo marido, o Conde d'Eu, e pressionada pela política local e internacional, Isabel finalmente assinou a lei que libertava todos os escravizados. Para que esse dia chegasse, houve uma negociação demorada entre os políticos e a elite financeira; porém, essa vitória resultou, sobretudo, da luta das pessoas escravizadas e de seus descendentes. O Brasil foi o último país do ocidente a abolir a escravidão. Isso é muito grave. Um atraso que revela o país que somos hoje. A desigualdade, o preconceito, a pobreza, tudo está ligado ao nosso vergonhoso passado.

Não sei se é verdade, mas dizem que Isabel assinou a lei com uma pena de ouro. Essa pena e um ramo de camélias teriam sido presentes de José de Seixas. Sim, o Seixas, o dono da Chácara do Leblon.

— Estamos livres! Estamos todos livres!

Alguns quilombolas desceram para a cidade para celebrar. O Rio de Janeiro estava em festa, e muitas pessoas levavam camélias para confirmar o que quase todo o Brasil queria: a abolição. Aquele dia, treze de maio, pôs o ponto-final em vergonhosos três séculos de escravidão. No entanto, aquela assinatura não significou o fim das injustiças. A Lei Áurea, sem dúvida, foi uma vitória importante, porém foi apenas uma etapa na luta contra as injustiças. Essa luta ainda não acabou. O racismo e as desigualdades sociais ainda resistem mais de um século depois.

Contudo, para os nossos personagens, aquele dia treze trouxe alegria, esperança e muitos reencontros. Aquele era um momento feliz, o momento de comemorar.

Rosa não foi ao centro da cidade, preferiu ver o mar de perto mais uma vez. Sentada à beira das águas da praia, ela apreciou o barulho das ondas e imaginou como seria se seus avós nunca tivessem saído de sua aldeia. Certamente ela não estaria aqui e nunca teria existido, porque ela própria era fruto daquela triste viagem. Ela própria era a viagem, o navio, o ritmo das remadas, o som dos tambores, as cicatrizes.

A tarde já ia caindo quando ouviu gritarem seu nome.

— Rosa! Rosa! Veja quem está aqui!

Era Pedro quem acenava de longe e chamava por ela. Dois rapazes estavam com ele. Reconheceu Mangaba, seu querido Mangaba, e o outro... não, não podia ser verdade! Rosa franziu os olhos para tentar enxergar melhor e, então, reconheceu:

— André!

Este livro está quase chegando ao fim, entretanto, a história de Rosa ainda não. Talvez estivesse apenas começando. Aquele reencontro seria decisivo para que ela traçasse o rumo de sua vida.

Sinceramente, eu ainda não consegui me decidir quanto ao destino de nossa personagem. Tenho três ideias, não sei qual seria a melhor, você pode escolher. Afinal, a história não é só minha. Um livro é de quem o escreve e de quem o lê.

O primeiro desfecho seria mais ou menos assim:

André, que aguardava aquela data ansiosamente, veio de São Paulo, onde frequentava a Faculdade de Direito, e se juntou a seus colegas em uma pensão no centro do Rio de Janeiro. Ele e os amigos tiveram um papel importante no Movimento Abolicionista, escreviam manifestos, debatiam e espalhavam suas ideias progressistas aos colegas da faculdade. Mas houve importantes e violentas batalhas e revoltas lideradas pelo povo negro. A abolição era iminente.

Aquela tarde era um momento de festa, de celebração. André dirigiu-se ao Paço Imperial. Alegrou-se ao ver a multidão que se aglomerava no centro da cidade. A felicidade tomava conta das ruas. Ficou surpreso quando, no meio de tanta gente, encontrou Pedro, seu companheiro de infância.

— Pedro! Encontrar você aqui é como achar uma agulha no palheiro! Dê cá um abraço, rapaz!

— Viva a liberdade, meu camarada! — comemoraram.

Perguntou por Rosa e quis vê-la imediatamente. Decidiram, então, tomar o bonde para a Gávea e de lá seguiriam para a chácara. Pois foi naquele exato momento que avistaram um rapaz meio perdido, sem saber para onde ir.

Era Mangaba. O rapaz ficou tão feliz ao encontrar os amigos que tremia feito vara verde. Os três percorreram o trajeto falando muito e trocando notícias sobre todo o pessoal. Mangaba ainda não sabia se voltaria para a casa da família Pereira, mas sabia que queria rever Rosa. Preocupava-se com os outros da casa e, em especial, preocupava-se com a velha cozinheira, Luiza. Ela conseguiria chegar até o Quilombo do Leblon?

Pedro apostava que Rosa estava na Chácara das Camélias, festejando a liberdade com os quilombolas, mas Mangaba podia jurar que ela estava na praia olhando para o mar, exatamente como gostava de fazer desde que chegara ao Rio de Janeiro. André achou que Mangaba tinha razão. Conhecia a amiga, seria mesmo de seu feitio apreciar aquele inesquecível fim de tarde à beira da praia.

E foi ali que a encontraram.

— Rosa! Rosa! Veja quem está aqui!

De longe, Rosa reconheceu o amigo.

— André!

Mangaba fez um sinal para que Pedro deixasse André correr sozinho até ela. Esperariam o momento certo para se aproximar. Rosa correu em direção ao amigo e ele em direção a ela. E, depois de um longo abraço, Rosa e André acenaram para Pedro e Mangaba, que correram para abraçá-los. Foram abraços, risos e lágrimas de felicidade. Depois, os quatro seguiram para a chácara e comemoraram até o dia amanhecer na festa do quilombo.

De manhãzinha, André e Mangaba se despediram dos amigos. André prometeu a Rosa que, em breve, voltaria para vê-la e traria Aurora, pois ele sabia que esse era o seu maior desejo.

Rosa e André seriam amigos por toda a vida, do jeito que prometeram quando eram crianças. Rosa viveria no quilombo e, mais tarde, se casaria com Eugênio e teriam três filhos. André se formaria na Faculdade de Direito e, depois de sua formatura, também se casaria e teria filhos. No futuro, os filhos de Rosa seriam amigos dos filhos de André, tão amigos quanto um dia eles juraram que seriam.

Não sei... talvez o final pudesse ser outro, ainda mais emocionante. Quem sabe assim:

Com a abolição, a família Pereira sofreu um grande impacto em seus negócios e quase perdeu tudo. Eduardo resolveu voltar para

Portugal, onde ainda tinha alguns imóveis. Partiu levando as filhas, Dália e Violeta. Hortense não foi. Preferiu ficar sozinha no Rio de Janeiro. Sem a aprovação do marido, viu-se sem dinheiro, então fez da mansão seu ganha-pão. Criou um pensionato para moças que vinham estudar na cidade. Nas noites de sábado, promovia saraus de música e poesia. Nunca abandonou Luiza, que continuou ali, cozinhando e recebendo salário. Hortense nunca deixou o movimento feminista, ao contrário, sua casa era um ponto de encontro de mulheres progressistas.

O avô de André não resistiu muito tempo à doença. Nem soube do fim da escravidão. Dona Sofia continuou firme tocando a fazenda com os poucos que quiseram ficar e que agora recebiam salários.

André concluiu a faculdade de Direito e decidiu voltar para Miraflores o mais rápido possível. Rosa, Mangaba e Luiza quiseram voltar com ele. Iriam de trem, todos no mesmo vagão. Sentados em seus lugares, abanariam seus lenços para Eugênio e Pedro. Das Dores e Carminha também iriam à estação despedir-se deles, depois seguiriam com Pedro e Eugênio para a Chácara das Camélias. Em tempos felizes é fácil fazer novos amigos. Das Dores se decidiu a aceitar Pedro como namorado. Carminha sorriu, sabia que Das Dores um dia cederia. Eugênio também sorriu o seu sorriso de menino que Carminha ainda não conhecia. Todos mereciam um recomeço.

Então, André assumiria a administração da Miraflores, Rosa reencontraria sua mãe e voltaria a ensinar as crianças e a cuidar de suas flores. Aurora abriria um pequeno comércio na vila próxima à fazenda, lá venderia os remédios caseiros que aprendera com Vô Tonho e também as águas de cheiro criadas por Rosa.

Prefiro livros que terminam com finais felizes. Sinto satisfação e esperança. Sentimentos bons. Mas, na realidade, a abolição foi apenas um capítulo de uma luta que ainda não acabou: a luta pela igualdade e pela punição aos preconceitos.

Tenho ainda uma alternativa, um terceiro final, que seria mais emocionante ainda:

Quando os amigos se reencontraram na praia, o sol estava quase se escondendo. O azul do céu tinha agora outro tom, um azul de fim de tarde, um lindíssimo azul de maio.

— André!

— Rosa!

Um longo abraço, um abraço infinito!

Naquele dia de festa, já crescidos, entenderam que a amizade deles era mais que amizade. Era um sentimento tão grande quanto aquele mar. Perceberam que tudo o que viveram antes, juntos ou separados, tinha sido apenas o começo de uma longa história. Passariam o resto de suas vidas juntos, inseparáveis, enfrentando preconceitos e dificuldades, você pode imaginar. Naquele reencontro, compreenderam que, neste mundo, nem tudo são flores, mas tiveram a certeza de que, juntos, saberiam colher as mais belas.

Acho que esses três finais são possíveis. Você pode escolher a opção que achar melhor. Mas eu tenho certeza, certeza absoluta, de que o que Rosa Valente fez foi se agarrar à liberdade e vivê-la.

CRISTINA VILLAÇA

Família e laços afetivos estão sempre presentes em minhas histórias. Neste livro quis falar sobre uma amizade longa e improvável, a de Rosa e André. Parte do enredo acontece em um cenário que sempre me atraiu, o Quilombo das Camélias. Soube, certa vez, que, perto da minha casa, havia um lugar de resistência contra essa mancha que nos envergonha como nação: a escravidão. Pesquisei, visitei o local e me encantei! Senti que a ligação que tinha com aquele lugar não era apenas geográfica, mas afetiva. Penso que se deva conversar sobre qualquer tema com crianças e jovens, mesmo os mais difíceis. Com cuidado e delicadeza, mas sempre com a verdade. Reuni nesta história, como em um ramo de flores, afetos, aventuras, indignação e esperança.

JOANA VELOZO

Sou recifense, formada em arquitetura pela Universidade Federal de Pernambuco (UFPE) e estudei ilustração e arte têxtil em Barcelona. A multidisciplinaridade de técnicas – desenho, pintura e estamparia – são os fios com os quais teço minha prática criativa. A botânica também é uma inspiração constante, e *Rosa Valente* me encantou por ser uma história permeada de flores de que gosto muito: bromélias, flores-de-maio, manacás, flor do baobá e, claro, as camélias, com sua bela simbologia. O gosto pelo cultivo de flores, passado de mãe para filha, e os laços de afeto entre os personagens foram os guias para a construção desta narrativa.

Este livro foi composto com as tipografias
Minion Pro e Basic Sans, impresso em papel
offset 120g, em 2023.